Scott McClanahan

SARAH

Roman

Aus dem amerikanischen Englisch von Clemens Setz

WILHELM HEYNE VERLAG
MÜNCHEN

Die Originalausgabe THE SARAH BOOK
erschien erstmals 2017 bei Tyrant Books, New York.

Sollte diese Publikation Links auf Webseiten Dritter enthalten,
so übernehmen wir für deren Inhalte keine Haftung,
da wir uns diese nicht zu eigen machen, sondern lediglich auf
deren Stand zum Zeitpunkt der Erstveröffentlichung verweisen.

Penguin Random House Verlagsgruppe FSC® N001967

Deutsche Taschenbucherstausgabe 01/2023
Copyright © 2017 by Scott McClanahan
Copyright © 2020 der deutschsprachigen Ausgabe
by ars vivendi, Cadolzburg
Copyright © 2023 dieser Ausgabe by Wilhelm Heyne Verlag, München,
in der Penguin Random House Verlagsgruppe GmbH,
Neumarkter Str. 28, 81673 München
Umschlaggestaltung: Nele Schütz Design nach einer Vorlage
von Sarah Eschbach
Satz: Uhl + Massopust, Aalen
Druck und Bindung: GGP Media GmbH, Pößneck
Printed in Germany
ISBN: 978-3-453-42669-6

www.heyne.de

Für Julia

TEIL EINS

Ich weiß nur eine Sache übers Leben. Wenn du lang genug lebst, fängst du an, Dinge zu verlieren. Alles wird dir weggenommen: Zuerst verlierst du deine Jugend, dann deine Eltern, dann verlierst du deine Freunde, und am Ende verlierst du dich selbst.

Ich war der beste betrunkene Autofahrer der Welt. Ich war schon jahrelang in Übung. Eines Morgens kam Sarah von der Arbeit nach Hause und ging sofort ins Bett. Ich deckte sie gut zu, küsste sie auf die Stirn und sagte, dass sie sich um nichts zu sorgen brauche. Ich sagte ihr, sie solle einfach ins Traumland hinübergleiten und nicht mehr an ihre Nachtschicht denken, und wenn sie erwachte, würde alles besser sein. Dann machte ich die Tür zu und schlich die Kellertreppe hinunter. Ich wich den Bergen aus Müll aus und ging in den kleinen Raum, in dem das verstimmte Klavier aus Sarahs Kindheit stand. Dort bewahrte ich die große Flasche auf. Ich nahm die leere Wasserflasche aus meiner Hosentasche und öffnete den Deckel des Klaviers. Das Holz knarrte *iiek* und klaffte auf wie das Maul eines Ungeheuers. »Ich mach mir Sorgen um dich«, hatte Sarah mir einige Wochen zuvor gesagt. Daran musste ich nun denken, als ich in das aufgeklappte Klavier hineinfasste und die Flasche herauszog. Ein paar Klaviertöne taten sich zu einer kurzen Melodie zusammen, als ich den Deckel abschraubte und meine leere Wasserflasche darunterhielt und sie befüllte. Ein kleines Liebeslied. Ich hörte ihm zu. Dann schraubte ich beide Deckel fest, legte die große Flasche zurück und klappte das Klavier zu.

Jetzt kam das Beste. Auto fahren. Ich fuhr die Straße runter, vorbei an roten Ampeln und Stoppschildern, die »Stopp!« brüllten. Ich schwebte mit 120 km/h auf gleicher Höhe mit anderen Autos und dachte: Wir sind alle nur wenige Meter voneinander entfernt. Nur ein paar Meter von der Physik des Todes entfernt.

Manchmal sagte ich so etwas laut und manchmal auch nicht. Ich wechselte auf die Interstate und starrte auf die weißen Linien und dachte an meinen Freund, der immer geisteskrank lachte, wenn ich zu ihm ins Auto stieg, und dann »Ich bin der beste betrunkene Autofahrer der Welt!« brüllte und aufs Gaspedal trat. Womit er, ganz unter uns, absolut recht hatte. Es war fast so, als hätten sich alle seine Reflexe verbessert oder so. Oder vielleicht war er auch einfach nicht so nervös und unter Spannung und konnte Auto fahren, ohne Auto zu fahren. Ich hab ihn einmal nach seinem Geheimnis gefragt, warum er niemals von der Polizei angehalten worden war, und er sagte mir, du musst unsichtbar sein. »Sei unsichtbar, Scott. Sei unsichtbar.«

Ich trank aus der mit Gin gefüllten Wasserflasche und trank dazu Wasser aus einer anderen Wasserflasche und dann wiederholte ich das Ganze. Aus dem Handschuhfach holte ich das Mundwasser. Ich machte den Deckel auf und musste kurz kichern und kippte das Zeug in meine Kehle und gurgelte. Dann fuhr ich weiter auf den blauen Himmel und die purpurne Erhabenheit der Berge zu und ich spuckte das Mundwasser zurück in die Mundwasserflasche. Ich hörte Radio und suchte nach einer CD und fühlte mich wie sonst nie. Ich fühlte mich ruhig, ich fühlte mich glühend, und unsichtbar. Und ich fuhr auf der Interstate den Hügel hinauf. Dann hörte ich Iris.

»Oh Gott, Scheiße«, sagte ich. Ich hatte die Kinder vergessen. Ich wandte mich um und da, auf dem Rücksitz, waren mein Sohn Sam und meine Tochter Iris. Die ganze Zeit passierte mir so saudummer Scheiß, wie zum Beispiel die Kinder mitnehmen und dann vergessen, dass sie da sind, oder die Kinder ins Auto laden und dabei gar nicht registrieren, dass ich sie ins Auto lade. Ich rief: »Geht's euch gut da hinten? Setzt euch einfach hin und genießt die Fahrt. Vielleicht fahren wir Oma und Opa besuchen, ja? Wollt ihr Oma und Opa besuchen?«

Ja, wollten sie. Also streckte ich meinen Arm in die Luft und rief: »Dann auf zu Oma und Opa!« Und sie lachten, da hinten auf ihrem Rücksitz, und ich rief noch einmal: »Auf zu Oma und Opa!«, allerdings lachten sie diesmal nicht mehr. Aber es war mir egal. Ich würde mir von ihrer Griesgrämigkeit nicht die Stimmung verderben lassen. Also nahm ich einen Schluck vom Gin und spülte mit Wasser nach und die ganze Welt drehte durch. Ich begriff, wie sehr ich jeden Tag Angst hatte, Sarah könnte meine Flaschen entdecken. Ich begriff, wie sehr ich Angst hatte, dass sie meine Versteckplätze fand. Also trank ich weiter. Ich stellte mir vor, die ganze Haut der Erde aufzutrinken und all das Blut der Welt und die Geister all meiner Freunde und ich trank sogar die Luft. Ich ließ meine Kinder schmelzen und trank auch sie. Und sie schmeckten herrlich.

Ich fuhr also weiter in Richtung Oma und Opa, und da bemerkte ich auf einmal das Polizeiauto neben der Straße. Fuck. Fuck. Auf die Bremse. Auf die Bremse. Radarpistole. Wir fuhren vorbei. Ich schaute in den Rückspiegel und dachte: Bleib, bitte bleib. Ich stellte mir vor, ich wäre unsichtbar. Dann sah ich, wie das Polizeiauto in Bewegung kam und auf die Interstate fuhr. Ich sah die Lichter. Rot. Blau. Weiß. Rot. Blau. Weiß. Ich fuhr weiter und erinnerte mich daran, was mir mein Nachbar, der auch Polizist war, geraten hatte: »Das Verhalten von Personen nach dem Angehaltenwerden entscheidet darüber, ob sie verhaftet werden.« Ich hielt am Straßenrand, wenige Meter entfernt von den anderen Autos, die mit 120 an uns vorbeirasten. Wir waren alle so nah dran, einander zu erschlagen, die ganze Zeit. Das Polizeiauto hielt hinter mir. Ich sah das Gesicht des Polizisten im Rückspiegel.

Für einen kurzen Moment blieb er in seinem Wagen sitzen, also nahm ich schnell drei Stück Kaugummi aus meiner Hemdtasche, die ich immer dort aufbewahrte. Ich steckte sie in den Mund, um den Geruch zu übertönen, dann beobachtete ich den State Trooper, wie er aus seinem Wagen stieg, jetzt richtete er sich auf und immer weiter auf und stand schließlich ganz aufrecht da. Und da kam er, riesengroß, zu mir, und ich beobachtete ihn, wie er die Rückseite meines Autos berührte, um dort für den Fall, dass ich auf ihn schoss und davonfuhr, seine Fingerabdrücke zu hinterlassen. Ich kurbelte das Seitenfenster runter, und der Polizist sagte: »Führerschein und Zulassung bitte.«

Aber ich war vorbereitet. Führerschein und Zulassung und Versicherungsvertrag lagen immer auf dem Beifahrersitz, damit ich mich bei einer Kontrolle nicht besoffen durchs Handschuhfach fingern musste. Ich reichte ihm die Unterlagen und dachte dabei: »Nicht zittern. Bitte nicht zittern.« Wenn ich mich betrank, saß ich immer auf Parkplätzen und übte Sprechen ohne Lallen und Bewegen ohne Zittern. Aber jetzt war ich hier und meine Worte verwischten sich und meine Hände zitterten. Beinahe wäre mir alles runtergefallen. Der Polizist sagte nichts. Er bückte sich und schaute zu uns in den Wagen herein.

Dann stand er einfach da und schaute sich die Zulassung an. Dann den Führerschein. Dann den Zettel von der Versicherung. Schließlich neigte er sich ein wenig nach vorne, als wäre da ein Geruch an mir. Ich war mir sicher, dass er ihn bemerkte. Die Kinder strampelten und redeten miteinander auf dem Rücksitz.

»Einen Augenblick«, sagte er und ging zurück zum Polizeiauto. Alles war vorbei. Sarah würde es erfahren. Iris und Sam begannen, ein wenig zu weinen.

»Keine Angst«, sagte ich. »Alles in Ordnung.«

Aber ich wusste, dass nichts in Ordnung war. Ich sah den Polizisten vor mir, wie er zurückkam und mich fragte: »Sir, haben Sie heute Alkohol getrunken?« Und dann: »Würden Sie bitte kurz aussteigen?« Ich sah Sarah vor mir, wie sie zur Polizeistation kam und die Kinder abholte, und ich stellte mir die Leute vom Jugendamt vor, die plötzlich auftauchten und sie befragten. Ich würde heulen, während ich ihr erzählte, dass ich die ganze Zeit gelogen und dass ich die Kinder in Gefahr gebracht hatte und dass ich das Leben zerstörte, das wir zusammen aufgebaut hatten. Ich würde ihr sagen, dass ich unser Leben zerstörte.

Und so beobachtete ich ihn, wie er endlich aus seinem Auto stieg und zurück zu meinem ging. Ich machte mich bereit für den Moment, da er sagte: »Bitte steigen Sie aus dem Fahrzeug.« Aber er tat es nicht. Er gab mir alles zurück, was ich ihm gegeben hatte. Dann schaute er auf den Rücksitz und, anstatt mich zu verhaften, sagte er: »Hey, Kiddies. Mögt ihr mir dabei helfen, dass euer Dad heute nicht mehr zu schnell fährt?«

Ich nahm Führerschein und Zulassung und Versicherungsvertrag. Die Kinder antworteten nicht.

Und er wanderte zurück zu seinem Wagen. Und ich war verschont geblieben. Ich war zu verschreckt, um mich zu bedanken. Die Kinder weinten nun wirklich. Rotz hing aus ihren Nasen. »Hey, hey, meine Babys, nicht weinen«, sagte ich, aber meine Worte waren so undeutlich, dass man sie nicht mal mehr verstehen konnte. Ich versuchte, die CD auszutauschen, aber meine Hände zitterten so stark, dass ich es sein ließ. Ich fuhr zurück auf die Interstate und lächelte und wechselte zwischen den Fahrspuren hin und her. Ich lächelte und hörte den Kindern beim Heulen zu und fühlte die Welt leuchten. Ich übergab mich in eine Plastiktüte von Walmart und warf sie aus dem Fenster. Die Kinder weinten noch immer, aber es war mir jetzt egal. Ich war frei, ich war davongekommen und ich fuhr unseren Todeswagen so schnell und furchtlos über die Erde. Ich zerstörte unser Leben und es fühlte sich so verdammt großartig an.

Ein paar Wochen später verbrannte ich eine Bibel. Ich blickte zu meinem Freund Chris und sagte: »Weißt du was, wir sollten eine Bibel verbrennen.« Tatsächlich hatten wir schon eine Weile darüber gewitzelt. Ein Monat davor war die Rechnung beim Drive-in von Taco Bell genau 6.66 $ gewesen. Danach behauptete ich immer, wenn ich mit Freunden ausging, der Teufel sei hinter mir her. Ich sagte so was wie »Ich schwöre, der Teufel ist total hinter mir her.« Und dann bestellte ich bei Taco Bell das Gleiche wie damals, und es kam wieder auf 6.66 $ und alle so *whoa oh mein Gott.*

Vielleicht war es ein Zeichen. Vielleicht wollte der Teufel mir ja wirklich was mitteilen.

Also begann ich nach einer Bibel zu suchen. Chris fand die Idee nicht so gut und sagte, Sarah würde es sicher rauskriegen. »Wegen Sarah mach dir mal keine Sorgen«, sagte ich. Ich war erwachsen und wenn ich eine Bibel verbrennen wollte, konnte mir Sarah das auch nicht verbieten.

Ich durchsuchte die Bücherregale im Keller. Wir besaßen drei Bibeln. Es gab eine Gideons-Ausgabe und eine mit einem schwarzen Einband, die meine Kindheitsbibel gewesen war. Und dann noch eine im untersten Regal. Das war die neueste Bibel im Haus. Irgendwer hatte sie uns zu unserer Hochzeit geschenkt.

Ich nahm sie aus dem Regal. Es war eine dieser riesigen weißen Plüschbibeln und in der Ecke stand »Sarah und Scott McClanahan« in Gold. Diese Art von Bibel liegt bei Leuten sonst immer gut sichtbar auf dem Couchtischchen oder im Haus von Großeltern oder so. »Ich glaub, wir sollten lieber nicht«, sagte Chris, aber ich hörte nicht auf ihn. Also legte ich die Bibel auf den Tisch und schlug sie auf. Das Buch Daniel. *Er ließ den Ofen siebenmal stärker heizen, als man ihn gewöhnlich heizte.* Ich ging in einen anderen Teil des Kellers, wo Sarah die alten Werkzeuge ihres Vaters aufbewahrte. Ich kramte eine Zeit lang, dann fand ich endlich einen Behälter mit Feuerzeugbenzin und ein paar Streichhölzer.

Das Benzin tropfte *tropftropf* auf die Bibelseiten. Dann das Streichholz. Ich riss es an der Reibefläche an, die Flamme kam, aber dann blies ich es wieder aus. »Oh verdammt, lass mich vorher noch kurz ...«, sagte ich. Ich schaltete das Licht aus.

Chris wiederholte: »Ich glaub, wir sollten lieber nicht. Wir sollten lieber nicht.«

Aber ich zündete schon das nächste Streichholz an und ließ es auf die Bibel fallen, und es hörte sich an, wie wenn etwas zerreißt, und ha, die Bibel brannte hell.

Mein Gesicht glühte im Licht. Ich sah mein Spiegelbild im Fenster, und da war ein Heiligenschein um meinen Kopf.

Die Flammen verteilten sich wellenartig über die Seiten, und ihre Farbe wechselte von rot zu braun zu schwarz. Ich löschte die paar noch glosenden dunklen Aschestücke, und das war alles. Nichts passierte. Es war genau dasselbe, wie wenn ich mich im Auto betrank und der Teufel nichts dazu beizutragen hatte. Chris und ich mussten lachen. Aber dann hörten wir Sarah oben herumgehen und wir gerieten in Panik. Ich klappte die Bibel zu. Das Papier knisterte und wellte sich. Dann legte ich die Bibel zurück ins unterste Regal, und da kam sie schon die Treppe herunter.

Einen Monat später hatte ich alles vergessen. Ich weiß nicht warum, aber ich hatte die verbrannte Bibel damals einfach zurück ins unterste

Regal gelegt, anstatt sie wegzuwerfen. Sarah und ich und eine von Sarahs Freundinnen waren gemeinsam im Keller. Ich arbeitete an meinem Schreibtisch, und Sarah zeigte ihrer Freundin gerade den neuen Boden, den wir im Keller verlegt hatten.

»Oh, schaut super aus.«

»Ja, wirklich super.«

Solche Sachen sagten sie. Und Sarahs Freundin schaute sich den glänzenden neuen Boden an und dann all meine Bücher in den Regalen, und sie sagte: »So viele Bücher.« Sarah schüttelte den Kopf und sagte: »Ja, er mag Bücher.«

Dann entdeckte Sarahs Freundin etwas in einem Regal, das ihr Interesse weckte.

Ich hörte sie sagen: »Oh wow, wir hatten auch so eine Bibel, wie ich klein war. Diese riesigen Plüschbibeln hatte ich so gern!« Ich drehte mich um und sah, wie die Frau die verbrannte Bibel aus dem Regal nahm und in der Hand hielt. Sarah sagte, sie hätte die Bibel vor ein paar Jahren als Hochzeitsgeschenk bekommen. Sarahs Freundin machte die Bibel auf, und die verbrannten Seiten knisterten und krachten und stellten sich auf.

Sarahs Freundin sagte: »Oh Gott.«

Sarah: »Was zum …«

Erwischt. Sarah nahm ihrer Freundin die Bibel weg und wurde still. Ich sagte nichts.

Ich versuchte mir etwas auszudenken, was ich zur Erklärung vorbringen konnte. In der sechsten Klasse waren meine Freunde und ich einmal bis spät in die Nacht wach geblieben und hatten eine ganze Flasche billigen Wein ausgetrunken, die meine Eltern ganz hinten in einem Schrank aufbewahrt hatten. Hinterher hatten wir die leere Flasche einfach wieder zurückgestellt. Im Sommer danach entdeckte meine Mutter die Flasche.

»Was ist mit dieser Flasche passiert, Scott?«, sagte sie.

Ich sagte: »Muss verdampft sein.«

Und sie glaubte mir.

Aber als Sarah mich fragte, ob ich wisse, was mit der Bibel passiert war, wusste ich nicht, was ich erwidern sollte. Ich fragte mich, ob ich mich so wie damals in der sechsten Klasse verhalten sollte, also einfach sagen: Hä, was meinst du, keine Ahnung. Und sie dabei anschauen, als wäre sie irgendwie gestört. Aber dann sagte ich die Wahrheit. Ich erzählte ihr, Chris und ich hätten die Bibel verbrannt. Zuerst stand sie nur da und starrte mich an, als hätte ich sie verwirrt.

Dann sagte sie ganz ruhig: »Warum tust du so etwas?«

Sarahs Freundin stand auch nur da und grinste ein Grinsen, als wüsste sie nichts beizutragen.

Aber dann fing Sarah zu schreien an: »Warum tust du so etwas? Verdammt noch mal, warum tust du so was?« Und sie schrie: »Die Bibel hab ich von Mary Jo zur Hochzeit bekommen!«

Und Sarahs Freundin sagte: »Ich versteh nicht, wie du so was machen kannst, Scott.« Und Sarah brüllte noch irgendetwas, und dann rannte sie die Treppen hoch.

Am Abend war Sarah immer noch sauwütend und schrie mich an: »Warum hast du das getan?«

Ich versuchte wieder, mich zu verteidigen. Ich sagte, wo sei denn das große Problem. Es sei doch witzig. Ich glaubte nicht an das ganze Zeug, was spielte es also für eine Rolle. Ich sagte ihr, wir hätten uns halt gelangweilt.

Und Sarah sagte, es sei ihr direkt unheimlich. Sie frage sich, ob es noch mehr gab, was ich ihr verheimlichte, Dinge, Leute. Ein Doppelleben, das ich vielleicht führte. Sie sagte, so was mache man einfach nicht, auch nicht im Scherz.

Dann sagte sie mir, sie wolle das Ding nicht mehr im Haus haben. Sie sagte, sie wollte diese verbrannte Bibel nicht eine einzige Minute länger im Haus haben. Also versprach ich, ich würde sie morgen in den Müll werfen, aber das genügte ihr nicht. Sie verlangte, dass sie sofort entsorgt werden würde. Also holte ich einen Müllsack aus der Küche, schüttelte ihn aus, sodass er sich *ffflup* mit Luft füllte. Damit ging ich nach unten und legte die Bibel in den Sack. Kleine Stücke rieselten von ihr ab, langsam, wie Schneeflocken. Dann zog ich die Schnur zu und band sie fest. »Ich werfe sie in den Müll«, sagte ich, aber das genügte Sarah auch nicht. Sie sagte mir, sie wolle nicht, dass die Müllmänner sie sehen. Da brüllte ich sie an, es sei absolut lächerlich, sich darum zu kümmern, was die scheiß Müllmänner über uns denken.

Aber dann sagte ich: »Okay, okay.« Und ich zog meine Kleider an und nahm meine Schlüssel und sagte, dass ich sie irgendwie verschwinden lasse. Ich ging nach draußen in die Dunkelheit und suchte nach einem geeigneten Ort. Ich schaute hoch zum Vollmond und fuhr die Straße entlang.

Ich kam zur Tankstelle und stieg aus, um die Bibel hier irgendwo wegzuwerfen, aber da war ein Typ, der mir den Rücken zukehrte, an der Zapfsäule neben mir. Ich versuchte, die Bibel in den Müllbehälter neben den Zapfsäulen zu drücken, aber der Müllbehälter war bereits randvoll mit Müll, und die riesige Bibel passte nicht rein. Ich versuchte es seitwärts, aber nein. Der Typ schien nichts zu bemerken. Ich hörte Gelächter und es kam von ihm. Er drehte sich zu mir, und ich sah sein Gesicht und ich sah seine Haut. Er sah verbrannt aus. Das Gesicht war knotig vor Narbengewebe, und der Mund sah geschmolzen aus, geknetet zu einer Maske reiner Schmerzen. Also ließ ich die verbrannte Bibel auf den Boden fallen, und der verbrannte Mensch starrte mich einfach an.

Ich floh. Ich stieg ins Auto und fuhr so schnell weg, wie ich konnte. Ich schaute hoch zum Vollmond und ich sah Wolken, die sich über und unter ihm bewegten, wie Messer. Ich sah, wie die Wolken Geisterformen im Himmel bildeten, und ich sah, wie lächerlich das alles war. Und nichts geschah.

Es war erledigt, und ich befand mich nicht an einer Kreuzung, umzingelt von Heerscharen von Engeln aus der Hölle. Und ich sah keine Zukunft vor mir. Ich sah nicht, wie mein Leben zerfallen und wie bald ich mich mit der Schweinegrippe anstecken würde. Ich sah nicht, dass Chris' Onkel zwei Monate später Selbstmord begehen würde, und ich sah auch nicht, dass sich Chris noch vor Ende des Jahres würde scheiden lassen. Ich sah nicht, dass meine Tochter so krank und klein geboren werden würde. Und ich sah nicht, dass Sarah bald sagen würde, es sei vorbei. Kein Gespenst knisterte mir hinterher. Niemand zeigte mir meine Zukunft, in der alles, was ich kannte und liebte, verschwinden würde. Niemand folgte mir mit der Heugabel, und es roch auch nicht nach Schwefel. Nirgends die Gewissheit einer Apokalypse mit gewaltigem Geschrei allerorts und Geheul und Zähneknirschen. Keine Wegkreuzung, keine Seelen zum Verkauf. Nichts, was irgendwie dem Teufel glich. Nur ich. Die ganze Hölle.

Als ich Sarah Johnson zum ersten Mal begegnete, sagte sie mir, dass ich meinen Penis zum Schrumpfen bringen würde.

Sie trug einen schwarzen Rollkragenpullover und Strumpfhosen unter einem schwarzen Rock und schwarze Stiefel, die bis zu ihren Knien reichten. Sie sah wie eine Zeichentrickfigur aus und sie hatte diese riesigen, also riesig-riesigen, riesigen braunen Augen. Ihre Nase war klein und ihr Mund war winzig, im Grunde nur ein Punkt. Und der Punkt kräuselte sich seitlich in so ein stirnrunzeliges Etwas, aber scheiß auf Beschreibungen.

Ich trank mein Mountain Dew, und sie sagte: »Du weißt schon, dass da Tartrazin drin ist? Das bringt Penisse zum Schrumpfen.«

Ich nahm einen Schluck aus der großen Flasche und sagte: »Deshalb trink ich's ja. Muss paar Zentimeter wegnehmen von dem Ding.«

Sie lachte folgendermaßen: Versuch, *Oh Gott* zu sagen. *Oh Gott*. Und jetzt sag es eine Million Mal.

Das erste Mal, dass ich Sarah Johnson eine Geschichte erzählen hörte, ereignete sich dann einige Minuten später. Sie erzählte von einer ihrer Mitbewohnerinnen, die sich heute Nacht ihre Feige polieren lassen wollte. Also würde Sarah ihr etwas Privatsphäre gönnen.

»Ihre Feige polieren? Was bedeutet das?«

Sarah lächelte, deutete zwischen ihre Beine und wedelte mit ihren Händen auf und ab, als wären sie Wild-West-Pistolen, und dann sagte sie: »Na ja, die Feige hier. Die Feige polieren. Beste Feige der Welt.«

Und sie zwinkerte mir zu.

Dann fragte sie, ob ich Feigen mochte.

Ich sagte: »Ja, ich mag Feigen.«

Sarah sagte: »Wer nicht? Gott segne unser Obst.«

Dann, einige Minuten später, kam das erste Mal, dass Sarah Johnson meine Hand berührte. Ich saß in einem Bürosessel mit Rädern und sie auch und sie rollte hin und her zwischen ihrem und einem anderen Schreibtisch. Sie nahm meine Hand und zog mich zu sich. Wir rollten im Raum herum.

Ich sagte: »Was machen wir hier eigentlich?«

Sarah lächelte und sagte: »Bürosesseltanzen, zu zweit.«

Sie erzählte mir von einem Theaterstück, dass sie sich gern ansehen würde. Ob ich sie begleiten wolle. Ich wollte es gern mit ihr anschauen und ich sagte: »Okay.«

Bei meinem ersten Date mit Sarah Johnson passierte Folgendes. Ich war neunzehn und sie war vierundzwanzig und mir wurde bewusst, dass ich nie zuvor ein Date gehabt hatte. Nie. Sie kam zu mir, und ich hatte dieses abgerissene T-Shirt an, und meine Zähne waren im Arsch, weil mir einer der Schneidezähne entzweigebrochen war. Ich hatte in derselben Woche meinen Kopf rasiert, überm Waschbecken.

Ich bot ihr ein Old Milwaukee an. Ich hinkte allem hinterher. Sie schaute mich an und sagte: »Na ja. Besser wird's wohl nicht.« Dann betrachtete sie mein dreckiges Zimmer. Bücher überall, leere Dosen, verstreute Zettel. Sie fragte mich, warum ich nicht saubermachte. Ich erzählte ihr, dass ich manchmal depressive Phasen hatte, und dann redeten wir und scherzten über die Verwendung von Tampons als

Weihnachtsschmuck. Sarah lachte und ich lachte auch. In dem Moment wusste ich, dass ich nichts auf der Welt so gern tat, wie sie zum Lachen zu bringen.

Ich zog ein Hemd an und eine Krawatte, und dann gingen wir das Theaterstück anschauen, eine Dramatisierung von Mark Twains *Tagebücher von Eva*. Im ersten Akt sahen wir, wie Adam und Eva aus dem Garten verbannt wurden. Im zweiten Akt dann wurden die beiden alt. Wir schauten Eva dabei zu, wie sie einen ihrer Söhne verlor. Das war der Alterungsprozess. Sie betrachtete ihr Gesicht im Wasser eines Flusses und dachte an früher. Sie hatte Angst vorm Älterwerden. Adam sagte ihr, das Fleisch sei eine Täuschung und wir seien jetzt einfach Menschen und am Ende narre uns das Fleisch. Als Eva starb, weinte der Schauspieler, der Adam spielte, und als Adam Eva ganz am Ende begrub, sagte er: »Ich hatte geglaubt, es wäre unser großes Unglück gewesen, den Garten verlassen zu müssen, aber nun sehe ich ein, dass ich mich geirrt habe. Denn man kann nur das lieben, was man verliert. Ich habe begriffen, dass ich den Garten, aus dem wir vertrieben wurden, niemals vermisst habe. Da, wo sie war, da war mein Eden.«

Sarah drehte sich zu mir und ich verdrehte die Augen. Ich steckte mir einen Finger in den Hals, als wollte ich mich übergeben, und Sarah schüttelte ihren Kopf und lächelte. Wir gingen vor Ende des Stücks raus und spazierten nebeneinander her und redeten.

Sarah erzählte mir, dass die letzten Jahre für sie schwierig gewesen waren. Vor zwei Jahren war sie auf der Interstate auf dem Heimweg gewesen, und sie musste plötzlich rechts ranfahren, weil sie glaubte, sterben zu müssen. Sie dachte, sie hätte einen Herzinfarkt, und die Sanitäter dachten das auch, aber es war nur eine Panikattacke. Sie brachten sie schnell ins Krankenhaus und ließen ihr Auto, wo es war, und nach dem Krankenhausaufenthalt hatte sie Angst vor allem und konnte gar nichts mehr tun, weil sie immer glaubte, sterben zu müssen. Deshalb tue sie jetzt so, als wäre sie tapfer. Sie sagte, das sei die Geschichte der ganzen

Welt – so tun als ob. Dann fragte sie mich, ob ich das Theaterstück dämlich fand. Sie sagte, dass wir, wenn wir von bloß einem Mann und einer Frau abstammten, eigentlich alle dauernd Inzest machten. Die erste Kindergeneration müsste sich ja miteinander paaren oder mit den eigenen Eltern. Wir lachten, und sie fragte mich, ob mir das Stück gefallen habe. Ich sagte, es sei kitschig und voller Klischees. Dann lachte sie und sagte: »Klischees. So wie unser Leben.«

Als ich Sarah Johnson zum ersten Mal küsste, war es drei Tage vor Thanksgiving. Wir trafen uns bei ihr und schauten einen Film über einen Schulbus voller Kinder, die alle sterben, und dann noch eine Wiederholung von *Jeopardy*. Ich dachte: Filme über tote Kinder sind immer gut für die Romantik.

Ich dachte: Komm, trau dich.
Ich dachte das die ganze Zeit.
Ich lehnte mich zu ihr und küsste sie auf die Wange. Sie lehnte sich zu mir und ich küsste sie auf den Mund. Es fühlte sich so an: zzzzzzzzz
zzzzzzzzzzzzzzzzzzzzzzzzzzzzzzzzzzzzzzzzzzzzzzzzzzzzzzzzzzzzzzzzzzzz
zzzzzzzzzzzzzzzzzzzzzzzzzzzzzzzzzzzzzzzzzzzzzzzzzzzzzzzzzzzzzzzzzzzz
zzzzzzzzzzzzzzzzzzzzzzzzzzzzzzzzzzzzzzzzzzzzzzzzzzzzzzzzzzzzzzzzzzzz
zzzzzzzzzzzzzzzzzzzzzzzzzzzzzzzzzzzzzzzzzzzzzzzzzzzzzzzzzzzzzzzzzzzz
zzzzzzzzzzzzzzzzzzzzzzzzzzzzzzzzzzzzzzzzzzzzzzzzzzzzzzzzzzzzzzzzzzzz
zzzzzzzzzzzzzzzzzzzzzzzzzzzzzzzzzzzzzzzzzzzzzzzzzzzzzzzzzzzzzzzzzzzz
zzzzzzzzzzzzzzzzzzzzzzzzzzzzzzzzzzzzzzzzzzzzzzzzzzzzzzzzzzzzzzzzzzzz
zzzzzzzzzzzzzzzzzzzzzzzzzzzzzzzzzzzzzip.

Wir küssten uns und küssten uns, und dann sagte Sarah: »Warum lässt du die Augen dabei offen? Das ist seltsam.«

Ich sagte, tut mir leid. Dann küssten wir uns weiter, aber ich machte wieder die Augen auf. Da fühlte ich mich auf einmal, als würde ich fallen. Und ich fühlte all die Klischees. Ich fühlte mich in all die Klischees fallen. Ich fühlte mich, als könnte ich nicht mehr atmen, Finger eng um meinen Hals. Fallen, ersticken. Alles war schön, so schön, aber dann kam Sarahs Stiefbruder in den Raum.

Sarah sagte: »Ich hab gedacht, er ist weg.«

Ihrem Stiefbruder war es ebenfalls peinlich: »Oh, tut mir leid, Sarah.«

Er lief die Treppen hoch, und Sarah und ich setzten uns aufrecht hin und Sarah sagte, es tue ihr leid.

Ich sagte ihr: »Bloß gut, dass er nicht ein paar Minuten später reingekommen ist, sonst hätte er meinen weißen Hintern rauf und runter –«

Sarah sagte, halt die Klappe. Sie sagte, ich sei ein Idiot. Sie hatte recht. Also hielt ich die Klappe, idiot-style.

Aber was Sarah natürlich nicht wusste: Ich war neunzehn. Ich hatte noch nie wen geküsst. An jenem Abend fuhr ich nach Hause und dachte: Jetzt, wo ich wen geküsst habe, muss ich vielleicht nicht sterben.

Ich frage mich, ob ich damals, als ich durch die Berge fuhr, schon ahnte, dass ich Sarah zehn Jahre später heiraten und Kinder mit ihr haben würde. Dass wir in dem Haus leben würden, das ich gerade eben verlassen hatte. Ich frage mich, ob ich ahnte, dass ich eines Tages darüber schreiben würde, wie wir uns begegnet waren und wie uns das, was wir lieben, abhanden kommt. Und wie dieses Kapitel endet: mit einer Zeile aus einem Theaterstück, das sich zwei Leute vor langer Zeit angeschaut hatten. Es würde so enden. Was alles passiert ist, tut mir nicht leid. Denn da, wo sie war – da war mein Eden. In meiner Erinnerung lachen wir und verdrehen die Augen und tun so, als würden wir würgen, weil alles so kitschig und dumm ist. Es war alles ein Klischee. So wie unser Leben.

A ber wer war sie eigentlich? Ihr Name war Sarah Johnson und sie wurde 1976 in West Virginia geboren. Ihre Eltern hießen Elphonza und Corrie. Sie hatte einen Bruder namens Jack, den ich nie mochte, aber von dem ich immer sagte, dass ich ihn mochte. In Wirklichkeit mochte ich ihn aber wirklich nicht, und ich lasse ihn auch nicht in meinem Buch vorkommen.

Aber wenn ich wirklich von Sarah erzählen wollte, würde ich vermutlich von ihrer frühesten Erinnerung erzählen. Sarah war damals vier und sie stand in der Dusche mit ihrer Tante Sherry. Sarah war so klein, sie reichte Sherry nur bis zur Hüfte. Sie waren gerade vom Strand zurück, und Sand war überall, in Sarahs Kleinmädchenhaar und in den Falten ihrer Kleinmädchenhaut und an den Rändern ihres Kleinmädchenbadeanzugs. Und Sarah war so jung, dass ihr Duschen mit ihrer Tante Sherry nicht peinlich war. Sherry zog Sarahs Badeanzug aus und Sherry zog ihren eigenen Bikini aus und so standen die zwei nackt nebeneinander unter dem Wasser, das aus dem Duschkopf brauste. Sherry schrubbte Sarah ab, dann seifte sie sie ein und wusch den Sand von ihr. Dann wechselten sie den Platz, und Sarah stand da und sah Sherry beim Duschen zu. Da bemerkte Sarah etwas zwischen den Beinen ihrer

Tante. Eine weiße Schnur. Sherry stand zurückgelehnt und spülte sich die Haare, und Sarah hatte nur noch einen Gedanken. Sie wollte an der weißen Schnur ziehen, die da aus ihrer Tante baumelte. In ihrem Kopf wiederholte sie: »Ich will an der Schnur ziehen, ich will an der Schnur ziehen.«

Sherry bemerkte ihren Blick und lachte über Sarah, weil die nicht wusste, was ein Tampon war. Nach dem Duschen sprach Sherry mit Sarah über die Zukunft und erklärte ihr, dass einige von uns nur innerlich bluten, aber Frauen seien so lebendig, dass sie auch nach außen hin bluten und neues Leben erzeugen können. Wie Götter. Sarah lächelte und sagte, sie wolle unbedingt ein Gott werden. Irgendwann später begriff sie, wie dämlich das alles war und dass ihre Tante ein verlogenes Biest war. Es war Folter. Nach der Dusche ging Sarah zu ihrem Vater und saß neben ihm. Sie liebte ihn mehr als alles auf der Welt.

Sein Name war Elphonza. Eines Morgens, viele Jahre später, erwachte er in Sarahs Haus. Sarah war bereits erwachsen, und am letzten Tag seines Besuchs bei seiner Tochter begann Elphonza im Gästezimmer seine Sachen in den Koffer zu packen, da er bald abreisen würde. Ein paar Tage zuvor war er nachts aufgestanden und hatte einige kleine Eisbecher aus Sarahs Kühlfach gegessen. Am nächsten Morgen ließ er Sarah wissen, dass sie die Eisbecher besser wegwerfen sollte, denn die hätten Gefrierbrand. Sarah sagte: »Nein, Dad, du hast die Eisbecher für Hunde gegessen. Frosty Paws.« Aber daran dachte er jetzt nicht, auch nicht daran, dass Sarah oft über ihn lachte. Er war dabei, sich zu rasieren und seine Koffer zu packen. Dann nahm er eine Dusche. Sieben Tage war er bei seiner Tochter gewesen. Dann verließ er ihr Haus. Später am selben Nachmittag ging Sarah ins Gästezimmer, um die Bettbezüge zu wechseln. Sie zog sie von der Decke und den Polstern und warf sie auf den Boden. Als sie das Leintuch von der Matratze zog, fiel etwas heraus. Was zum ... Es war ein riesiges Stück Cheddarkäse mit Zahnabdrücken an den Rändern.

Sarah rief ihren Vater an.

»Dad, hast du die ganze Zeit auf einem riesigen Stück Cheddar geschlafen?«

Elphonza sagte: »Oh ja. Hab mich schon gefragt, wohin das Stück verschwunden ist.«

Als Sarah klein war, saß Elphonza am Abend mit seinem Scotch da und hörte sich Willie Nelsons Version von *Always on my Mind* an.

Die Luft im Zimmer wurde immer verrauchter und der Fernseher lief. Elphonza schaute sich Autorennen und andere Sendungen an. Bei einer Sendung erfuhr er, dass so etwas wie »neues Wasser« nicht existierte. Er erfuhr, dass das ganze Wasser auf der Erde ursprünglich aus der Milchstraße gekommen war, vor vielen Millionen Jahren. Es war auf dem Rücken eines riesigen Meteors zu uns gekommen, der in die Erde gerast war. So hatte das Leben begonnen.

Deshalb bestehen wir heute alle aus Wasser. Wir bestehen aus dem, was vor langer Zeit auf uns zugerast und mit uns kollidiert ist. Es ermöglichte, dass Lebewesen geboren wurden, und nichts an ihnen ist neu. Elphonza erfuhr außerdem, dass der Preis all der chemischen Bestandteile, aus denen wir bestehen, ungefähr der eines Schokoriegels ist. Aus mehr bestehen wir nicht. Schokoriegel und Sterne.

Sarah wusste natürlich, dass Elphonza eines mehr als alles andere auf der Welt liebte: Sarahs Mutter.

Ihr Name war Corrie. Eines Tages begleitete Sarah sie zur Pediküre, und sie saßen nebeneinander in den riesigen Sesseln, zuerst die Füße im warmen Wasser, dann auf der Fußablage, sodass die Pediküre beginnen konnte. Die Frau, die sich um ihre Füße kümmerte, begann damit, die lose Haut von den Fersen und Fußballen zu reiben. Dann wischte sie zwischen Corries Zehen herum.

Auf einmal schrie die Frau und sprang auf.

Was zum Teufel?

Sarahs Mutter hatte eine Zecke zwischen den Zehen. Und es war nicht einfach nur eine Zecke, sie war nicht erst seit einer Viertelstunde da. Sondern eine, die hier schon seit Tagen wohnte. So groß wie eine Flipperkugel, kompakt und fett und voller Blut. Sie pulsierte und schwoll und vibrierte und wuchs und glühte immer fetter und heller in glänzenden Rosafarben.

»Da ist eine Zecke!«, kreischte die Frau und lief zeternd davon.

Sarahs Mutter sagte: »Was hat sie für ein Problem?«

Sie blickte auf ihren Fuß, als könnte sie gar nicht begreifen, was die Frau gemeint hatte.

Sarah fühlte Brechreiz. »Mom, da ist eine Zecke zwischen deinen Zehen.«

Sarahs Mutter betrachtete ihren Fuß und untersuchte das kastaniengroße Ding zwischen ihren Zehen.

Dann sagte sie: »Oh, die ist mir gar nicht aufgefallen.« Das war Sarahs Mutter.

Aber dann, eines Tages, änderte sich Sarahs Leben plötzlich. Sarah und ihre Mutter kamen auf die Idee, in dem Musical *South Pacific* mitzuspielen. *I'm going to wash that man right out of my hair.*

Sarahs Mutter spielte die Hauptrolle. Sie wollte niemals in den Bergen leben. Sie wollte nicht dort gefangen sein, aber wusste zugleich, dass alles, was sich in die Berge verirrt, dort hängen bleibt. Sarah sah ihrer Mutter zu, sie spielte ihre Rolle im Musical, und sie sang die Lieder im Musical, und dann traf sie einen fremden Mann bei den Proben fürs Musical. Sarah sah, wie sich die Augen ihrer Mutter belebten. Sie funkelten und leuchteten, leuchteten und funkelten. Dann, eines Tages, stellte sich Sarah vor, der fremde Mann aus dem Musical wäre bei ihr zu Hause, als ihr Vater gerade nicht da war. Sag deinem Vater nichts davon.

Ihre Eltern ließen sich scheiden. Ihre Mutter zog aus. Ihre Mutter war weg. Und Elphonza wurde alt. Er hatte Probleme mit seinem Herz, und Sarah hatte Angst. Sie war zehn und dachte, ihr Vater würde sterben. Nachts schlich sie sich in sein Schlafzimmer, hockte sich am Ende des Bettes auf den Boden und achtete auf seinen Atem. Eines Nachts hörte sie ihm beim Atmen und Schnarchen zu, immer so dahin, Atmen und Schnarchen, und Sarah wurde schläfrig und schlief ein und passte nicht auf ihn auf.

Als sie einige Stunden später erwachte, hörte sie kein Geräusch. Sie bekam Panik. Sie sprang auf, rannte zu ihm und schüttelte ihn. »Bitte nicht sterben, Dad! Nicht sterben!« Ihr Vater erwachte und sagte: »Sarah?« Und Sarah lächelte erleichtert, weil ihr Vater noch am Leben war.

Sie lächelte. Er war nicht tot. Bloß geschlafen hatte er.

Und Sarah wurde älter. Sie ging einkaufen und rauchte Gras und ging einkaufen und traf sich mit Freundinnen. Lauter Mädchen, die sich noch nicht im Geringsten über die Welt sorgten und die man mit einem einzigen Wort beschreiben konnte: *hinreißend*.

Sie gingen auf Partys und probierten Mushrooms aus und vögelten mit Jungen, die schon Autos oder Jobs hatten, und sie schauten sich gemeinsam den Nachthimmel an und redeten über die prächtigen Schwänze ihrer Freunde, ihre großen prächtigen Schwänze, und Sarah griff nach oben und pflückte ein paar Sterne und steckte sie sich in die Tasche, immer noch high von den Pilzen.

Mit sechzehn nahm Sarah einen Job im Süßigkeitenladen im Einkaufszentrum an. Eines Nachmittags kam ein kleiner Junge mit seiner Mutter in den Laden. Die Mutter war klein und dick und sie sprach die ganze Zeit für ihren Sohn, der dürr war und große Zähne und eine Brille hatte. Sarah beobachtete den Jungen, wie er sie anstarrte.

Er trug ein Tüte aus dem Buchladen, und darin war ein Buch, das so begann: *Ob ich mich in diesem Buche zum Helden meiner Leidensgeschichte entwickeln werde oder ob jemand anders diese Stelle ausfüllen soll, wird sich zeigen.* Der kleine Junge wirkte ängstlich und Sarah wusste noch nicht, dass er die ganze Zeit ängstlich war. Er dachte manchmal ans Sterben und ans Davonlaufen. Die Mutter des Jungen fragte ihn, was er gern haben wolle. Er flüsterte ihr seine Antwort zu. Er wollte Himbeer-Fruchtgummis und einen mittleren Blue-Raspberry-Slushie. Die Mutter des Jungen gab die Bestellung weiter.

Himbeer-Fruchtgummis.

Brombeer-Fruchtgummis.

Blue-Raspberry-Slushie. Sarah erledigte die Bestellung, und die Mutter bezahlte, und der Junge und die Mutter gingen davon. Und Sarah dachte nie wieder an die beiden. Es war nichts Besonderes daran. Sie vergaß die Episode, so wie wir alles Mögliche auf der Welt vergessen, aber der kleine Junge wurde später erwachsen und schrieb dieses Buch.

Fünfundzwanzig Jahre später begannen wir, uns zu streiten. Wir stritten über dies und stritten über das. Wir stritten über dies und stritten über das. Wir stritten über dies und stritten über das.

Und wir stritten über das und stritten über dies. Wir stritten über Geld und über den Ort, wo wir wohnten, und darüber, wie viel ich reiste, und darüber, wie viel ich trank, und wir stritten über alles, was ich machte.

Wir stritten über Winzigkeiten. Wir stritten über nichts und über alles. Es war herrlich.

Am schlimmsten stritten wir uns an dem Tag, an dem ich nach Hause kam und den Computer zerstörte. Ich kam ins Haus und wusste sofort, dass Sarah wütend war, aber ich wusste nicht, weshalb.

»Bist du wütend?«

»Nein.«

»Warum bist du wütend?«

»Bin ich nicht.«

»Du sagst nichts und hast diesen total angepissten Blick. Und dein Mund ist so zusammengeschrumpft, wie so ein Anus.«

Sarah sagte: »Mir zu erklären, dass mein Mund wie ein Anus aussieht, heitert mich nicht besonders auf.« Sie sagte mir, ich solle nie wieder das Wort Anus in Verbindung mit ihrem Gesicht verwenden. Also setzte ich mich neben sie auf die Couch und versuchte, was zu sagen, aber ich machte einen Fehler. Ich berührte ihre Schulter und ihr Gesicht, und dann sah ich dieses kleine Fitzelchen Staub, oder was es war, an ihrem Kinn hängen. Es hing einfach so da. So ein Fitzelchen, wahrscheinlich Staub, hing da. Also griff ich hin und zog dran. Ich nahm es zwischen die Finger und zog dran, aber es war kein Staub.

Es war ein Haar an Sarahs Kinn. Sofort verzerrte sich ihr Gesicht zu mörderischer Wut, und sie begann zu brüllen: »Was soll der verdammte Scheiß, was machst du da?«

Und ich begann: »Tut mir leid, tut mir leid, tut mir leid.«

Sarah stand auf und da waren Tränen in ihren Augenwinkeln und sie schrie mich an: »Weißt du, wie unangenehm mir die Haare in meinem Gesicht sind? Warum tust du so was? Warum?«

Ich sagte ihr, ich hätte geglaubt, es wäre nur ein Staubfädchen. Dann beruhigte sie sich für ein paar Minuten, und dann schrie sie wieder. Sie sagte, sie sei es leid, mit mir zu streiten. Und sie sei wütend auf mich wegen der Dinge, die ich mir am Computer angesehen hätte. Ich fragte: »Was hab ich mir denn angesehen?« Und sie machte dieses Gesicht wie *Pornos*. Unmengen von Pornos. Ich sagte, das ist übertrieben, aber dann begann sie, eine Liste von ihrem Handy vorzulesen. Sie hatte sie sich selbst als Mail geschickt. Sie begann die Namen von Seiten aufzulisten: worldsex.com, youporn.com, mothersteachdaughters.com, bangbros.com, mycuckoldhusband.com, blacksonblondes.com, naughtyamerica.com, bigboobs.com, burningangel.com, mykidsbabysitter.com, youtorture.com.

Sarah schaute mich an und sagte: »Ernsthaft, Scott? *Youtorture.com*?«

Und dann ging es mit anderen Namen von Seiten weiter. Ich sagte, okay, okay. Ich sagte, sie solle mich nicht wegen meines Pornogeschmacks verurteilen. Wenn sie die Seiten so der Reihe nach vorlas, klang es, als wäre ich ein totaler Perverser. Sarah verdrehte nur die Augen und sagte: »Da schau her, so ein Zufall, denn eine der Seiten heißt *iamapervert.com*. Und da, noch eine, die heißt *pervertcreep.com*.« Sie sagte, sie frage sich, ob ich online mit anderen Leuten kommunizierte, und ich schüttelte nur den Kopf und fühlte Wut in mir aufsteigen.

Ich brüllte sie an und sie brüllte mich an. Und dann brüllte ich sie an und sie brüllte mich an. Dann brüllten wir in verschiedenen Räumen. Ich warf ihr vor, dass sie mir hinterherspionierte, und sie sagte, sie wisse ja, dass alle Menschen masturbieren, aber das hier, mein Gott. Wir hatten doch Kinder. Ich sagte ihr, dass ich die Schnauze voll hatte von ihrem ständigen Gemecker. Ich ging in den Computerraum im Keller und knallte die Tür hinter mir zu. Sarah rief mir hinterher: »Was hast du jetzt wieder vor?«

Und ich rief zurück: »Wenn ich so ein Verbrecher bin, werde ich jetzt diesen Computer umbringen.«

Sarah sagte »Was?« und lief mir hinterher.

Ich sagte: »Ich bring jetzt den Computer um«, und dann schrie ich: »Oh ja, ich bring ihn um, den scheiß Computer« und ein paar andere Varianten des Satzes, wie »Der verdammte Computer ist jetzt dran«, und auch direkte Drohungen an das Gerät: »Ich bring dich um, du kleine Sau.«

Ich ging in den Werkzeugraum und holte den 5-Kilo-Vorschlaghammer, der dort immer in einem Eck stand. Ich setzte mir die Sonnenbrille auf. Sarah sagte: »Wozu die Sonnenbrille?« Ich sagte ihr, das sei keine Sonnenbrille mehr, das sei jetzt eine Sicherheitsbrille. Ich sagte, mir ginge es vor allem um die Sicherheit. Dann sagte Sarah etwas über Bilder, aber ich hatte keine Ahnung, was sie meinte. Ich zog am Computer, aber er rührte sich nicht. Also zog ich noch mal, aber die Kabel waren ein derartiges Rattennest, dass gar nichts ging. Wir hatten sowieso vor, einen neuen Computer zu kaufen, weil der hier alt war. Also begann ich, in Ruhe jeden einzelnen Stecker einzeln herauszuzupfen. 1, 2, 3, 4. Ich nahm den Monitor und schlug ihn an die Ecke des Tisches. Ich dachte, er würde vielleicht explodieren oder herrlich zerschellen, aber es passierte gar nichts. Ich rammte ihn noch ein paar Mal auf die Tischecke und dann knallte ich ihn gegen die Wand und er prallte einfach ab und Sarah stand daneben und schaute mir zu. Sie hielt ihre Hände erhoben neben dem Gesicht. Ich riss die Festplatte heraus und nahm sie in die Hand, und Sarah wiederholte immer wieder: »Was machst du denn?«

Dann hielt ich den Vorschlaghammer in der Hand und warf ihr diesen Blick zu, so auf die Art *Wonach sieht es denn aus, ich bring hier unseren Computer um.*

Ich stand über der Festplatte und schwang den Vorschlaghammer in die Höhe, als würde ich ein Baby hochwerfen. Ich ließ den Hammer hart aufkommen. Er traf den Computer, prallte gegen das harte Plastik. Dann hob ich ihn noch mal hoch und ließ ihn wieder auf den Computer krachen, dieser zerbrach in drei oder vier einzelne Computer, und dann zertrümmerte ich auch die. Sarah kreischte: »Scott! Meine Bilder! Die Bilder von den Kindern!« Ah, jetzt wusste ich, was sie gemeint hatte.

Ich brachte die Bilder unserer Kinder um, und ich schaute nach unten und meine Hand war voller Blut.

Sarah sagte: »Scott, scher dich verdammt noch mal zum Teufel und komm nie wieder zurück.«

Sie fiel vor dem zertrümmerten Computer auf die Knie. Auf meiner Hose war Blut und auf meinen Händen war Blut und auf meinen Armen und auf meiner Hose und auf meinem weißen T-Shirt. Ich sagte ihr, es täte mir leid und ich würde sofort gehen. Ich sagte ihr, vielleicht sei die Festplatte ja heil geblieben. Sarah weinte. Da ich vollkommen mit Blut bedeckt war, entschied ich, dass es eine gute Idee war, in die Öffentlichkeit zu gehen. Sarah blickte hoch zu mir und sagte: »Scott, du bist voller Blut.« Ich sagte, ich hätte immer schon geahnt, dass sich ihre Ausbildung zur Krankenschwester eines Tages bezahlt machen würde. Aber niemand lachte.

Ich ging raus zu meinem Auto und fuhr zum *Super 8 Motel* und stieg aus. Ich dachte: Hier werde ich übernachten. Ich versuchte, mir das Blut abzuwischen, so gut es ging, dann betrat ich das Motel. Die unauffällige Frau an der Rezeption schien nervös. Sie schusterte an ihrem Computer herum. Dann blickte sie mich an und sagte: »Tut mir leid, aber wir sind vollkommen ausgebucht.« Ich blickte an den Plastikpflanzen vorbei durchs Fenster hinaus auf den Parkplatz und sagte: »Zwei Trucks und ihr seid ausgebucht?« Die Frau holte eine andere Frau und fragte sie etwas, und die beiden flüsterten rum, als wäre jemand gestorben. Dann waren sie fertig mit Tuscheln, und eine von ihnen kam zurück und sagte, okay, sie hätten ein Zimmer. Sie nahm meine Daten auf und sagte, Zimmer Nr. 118. Ich wiederholte »118«, obwohl die Ziffer auch auf dem gefalteten Karton stand, in dem die Keycard steckte. Dann fragte die Frau: »Sir, ist Ihnen bewusst, dass Sie voller Blut sind?« Ich gab ihr keine Antwort. Ich ging einfach aus der Lobby und wiederholte 118, 118, 118. Ich wiederholte alle Zimmernummern, an denen ich vorbeikam. Ich sagte: »128, 124, 122«. Ich zählte sie in meinem Kopf auf, als würde 118 gar nicht existieren.

Ich steckte die Karte in das Lesegerät und ein kleines grünes Licht erschien. Die Tür entriegelte sich mit einem Summen und dann drückte ich sie auf und es fühlte sich an, als drückte ich mich in meine Gefängniszelle, und ich begann zu heulen. Ich rief Sarah vom Hoteltelefon aus an und sagte, es täte mir so leid und dass es uns immer so leid tun sollte, immer. Ich sagte, dass ich ein Problem hätte. Dann legte ich auf und dachte an ein Foto von uns beiden auf der Couch. Ich dachte an ein Bild von uns beiden am Strand. Ich dachte an uns im Vorgarten, wie wir Iris hochhielten. Ich dachte an ein Bild von Sarah mit einem komischen Hut, vor vielen Jahren. Augenblicke unseres Lebens.

Am nächsten Morgen rief mich Sarah an und sagte, ich solle nach Hause kommen. Sie sagte, die Fotos seien alle zerstört. Aber bitte komm heim, Scott. Sie machte sich Sorgen um mich. Das war alles. Alles war zerstört.

Ich erinnerte mich an die Zeilen aus einem Buch aus meiner Vergangenheit und die Zeilen bedeuteten jetzt etwas anderes: *Ob ich mich in diesem Buche zum Bösewicht meiner Leidensgeschichte entwickeln werde ... wird sich zeigen.*

Was soll ich tun? Ich kann zurückgehen und all die Bilder, die ich noch habe, irgendwie zusammenstellen und platzieren. Ich könnte sie in ein Buch einfügen, und Sarah könnte, wenn sie irgendwann einmal alt ist, das Buch nehmen und all die Bilder wiedersehen und sich erinnern.

Ich werde das Bild von Iris neben der Couch einfügen, wo sie aussieht wie eine Babypuppe.

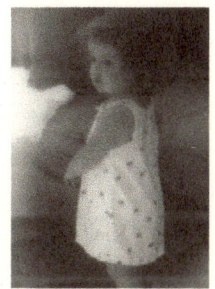

Ich werde die Bilder von Sam einfügen, wo er ganz mit Küssen bedeckt ist.

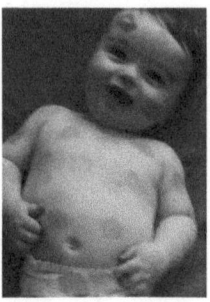

Ich werde die anderen auch einfügen. Und wir werden alle da sein. In den Bildern werden Sarah und die Kinder immer jung bleiben. In den Bildern werden sie jung und lebendig sein. So wird Sarah sich daran erinnern können, und wir werden alle wieder zusammen sein. Strahlend.

Etwa um diese Zeit herum sagte Sarah, dass sie sich scheiden lassen wollte. Als sie nach mir rief, dachte ich, dass es vielleicht um Sex ginge.

Ich kam die Treppen hoch und sagte: »Willst du Sex haben?«

Sarah schüttelte ihren Kopf und sagte: »Nein, das ist keine gute Idee. Abgesehen davon nehme ich die Pille nicht mehr.«

Sarah setzte sich aufs schmale Sofa, und ich reichte ihr das Baby, das ich gerade mit der Flasche gefüttert hatte. Sam schlief.

Ich sagte: »Oh, mach dir keine Sorgen. Wir können ruhig miteinander ins Bett gehen. Sam schläft jetzt ja.«

Sarah sagte, sie mache sich keine Sorgen übers Schwangerwerden. Sie sagte: »Ich will die Scheidung.«

Ich wusste nicht, wie ich reagieren sollte.

Ich dachte, ich hätte sie sagen gehört: »Ich will die Scheidung, Scott.«

Dann begriff ich, dass sie »Ich will die Scheidung, Scott« gesagt hatte. Sie sagte: »Die letzten paar Male, wo wir gestritten haben, hast du gesagt, dass ich schon seit Jahren einen Ausweg aus der Beziehung suche.« Sie schluchzte. »Aber die Wahrheit ist – ich hab tatsächlich seit Jahren versucht, in dieser Beziehung zu bleiben.«

Ich saß auf der Couch und schaute ihr beim Weinen zu und dachte: Ich frage mich, ob sie sich nur wegen dem Spitznamen scheiden lassen will. Etwa einen Monat zuvor hatte Sarah zu mir gesagt: »Ich hätte gern einen Spitznamen. Ich hab nie einen gehabt. Aber ich hätte gern einen. Irgend so was Niedliches wie Cee Cee oder Sissy oder so.« Ich sagte, ich wüsste einen Spitznamen für sie. Elch. Und ich fing an, sie so zu nennen.

»Das ist nicht mein Name«, sagte sie.

»Muss jeder selber wissen, Elch«, sagte ich.

So ging das ein paar Wochen. Sarah begann sogar, ein wenig mitzuspielen. Eines Tages hinterließ sie mir eine Nachricht: *Bin Einkaufen mit den Kids. Komme bald zurück. xxx Elch.*

Ich dachte daran, sie zu fragen, ob sie sich wegen dem Elchspitznamen scheiden lassen wollte. Aber dann ließ ich es sein.

Ich entschied mich für etwas anderes. Ich versuchte, bemitleidenswert auszusehen. Also ein enttäuschtes und verwirrtes Gesicht zu machen. Ich schaute nach, ob das irgendwie dabei half, sie umzustimmen. Ich blickte zu Boden und dann blickte ich bemitleidenswert drein. Ich blickte zur Wand. Ich blickte verwirrt und verängstigt drein. Dann fragte ich sie, ob sie sich immer noch scheiden lassen wollte. Ich studierte meine eigenen Hände und gab einen bemitleidenswerten Anblick. Ich legte meinen Kopf in die Hände und versuchte, zugleich enttäuscht und armselig und verwirrt auszusehen. Aber Sarah sah immer noch nicht aus, als hätte sie das umstimmen können. Ich musste etwas anderes versuchen.

Also redete ich mit ihr. Ich sprang zu ihr aufs Sofa und setzte mich neben sie. Sie hielt Sam, der immer noch schlief. Ich tätschelte ihren Rücken, und sie sagte immer wieder: »Du weißt, dass das nichts bringt. Das bringt nichts.« Ich tätschelte weiter auf ihrem Rücken herum, als wäre sie ein Baby, das ich zum Bäuerchenmachen bringen wollte, und dann sagte ich zu ihr, sie hätte doch erst vor ganz kurzer Zeit ein Baby bekommen. Und ich sagte ihr, sie sei nach der Geburt des ersten gleich wieder schwanger geworden.

Ich sagte: »Das macht zwei Babys in drei Jahren.« Ich sagte, sie sei vielleicht einfach deprimiert. So von den Hormonen her, die bei so was durcheinanderkommen. Vielleicht war alles nur so eine postpartale Sache.

Sarahs Augen weiteten sich verärgert.

Sie wiegte Sam und sagte: »Warum muss jedes Mal, wenn eine Frau sagt, wie sie sich fühlt, irgendein Mann sofort losplappern, dass ihre Hormone durcheinander sind und dass sie postpartale Depressionen hat? Was weißt du schon über postpartale Depression, hm, Fettsack?«

Fettsack. Ich rutschte weg von ihr, ans Ende der Couch und fing an zu heulen wie ein kleines Kind. Ich musste an Chicken Wings denken. Ich wollte am liebsten die ganze Welt als fettes Mädchen beschimpfen. Ich sagte, ja, ich wüsste schon, wie sehr Sarah mein Äußeres und meine Lebensweise abstoßen würden. Ich lehnte mich vor, wie um mich für den Aufprall eines Flugzeugs vorzubeugen, und ich heulte auf diese hyperventilierende Weise, bis ich überhaupt keine Luft mehr bekam. Sarah saß einfach da, hielt Sam im Arm und sagte: »Jetzt beruhig dich mal. Beruhig dich. Ist ja schon gut.« Aber es war nicht gut. Ich heulte und versuchte, zu Atem zu kommen. Sarah sagte: »Beruhig dich. Alles gut.« Ich versuchte immer noch, zu Atem zu kommen. Und Sarah sagte, ich solle mich beruhigen. Beruhig dich. Also schlug ich mir selbst ins Gesicht, wie ich es immer machte, wenn die Dinge überhandnahmen, und ich fühlte, wie meine Wange brannte, und dann schlug ich noch mal zu. Sarah schrie: »Scott, bitte!« Und ich schluchzte und heulte wie ein kleines Gör und sagte: »Und du sitzt einfach da und denkst nicht daran, mich zu trösten.«

Sarah verdrehte die Augen. Sie sagte: »Scott, ich hab ein Baby im Arm.« Dann nannte sie mich Bubs. Mein Kosename. Bubby. Ich flüsterte: »Ausreden. Ausreden.« Meine Nase war ganz nass und auch die Haut über meiner Lippe war nass.

Die Nässe kitzelte ein wenig. Sarah sagte: »Scott, dir läuft da Rotz auf die Couch.« Es stimmte. Ich schaute nach unten, und da waren Rotzfäden auf meinem Handrücken, wie ein Spinnennetz in den Härchen. Und auch auf der Couch war Rotz, ein Schmierfleck auf den Polstern. Sarah versuchte, mich zu beruhigen. Sie sprach in ihrer Mutterstimme. »Du weißt doch genauso wie ich, dass irgendwas falsch läuft.«

Ich stand auf und sagte: »Okay.« Dann setzte ich mich wieder hin und sagte: »Also wenn du unglücklich bist. Du bist unglücklich.« Ich fragte, ob es einen anderen Mann gebe, und sie sagte Nein. Dann sagte ich, dass sie im Fall einer Scheidung ein paar Bedingungen zustimmen müsse. 1) »Ich will nicht, dass ein anderer Mann meine Kinder aufzieht«, und 2) »Bitte zieh nicht irgendwohin weit weg. Bitte.« Und ich begann wieder zu heulen und fragte sie, ob sie mich je geliebt hätte. Nun waren auch in ihren Augen Tränen und sie zeigte auf Sam und dann auf Iris, die im Korridor spielte. Ich stand auf und verkündete, dass ich die Nacht woanders verbringen würde. Ich nahm meine Schlüssel und hielt sie in der Hand und ließ sie hin- und herbaumeln. Ich machte ein paar Schritte in Richtung Haustür, aber dann fiel ich wieder vor ihr auf die Knie und rutschte auf meinen Knie-Stummelfüßen auf sie zu. Ich hatte meine Hände wie zum Gebet gefaltet und flehte sie an.

»Bitte«, sagte ich. »Bitte.«

»Nein«, sagte sie. »Nein.«

Ich versprach ihr, mich zu bessern. Ich würde mit dem Alkohol aufhören und besser auf mich achten, und auch so Dummheiten, wie jeden Abend allein Chicken Wings in mich reinschaufeln, würde ich lassen, und wirklich keinen Alkohol mehr trinken, und wir würden wieder wie eine Familie zusammen essen. Ich versprach, in Therapie zu gehen. »Bitte Sarah«, sagte ich, »bitte Sarah bitte.« Aber Sarah sagte Nein.

Sie sagte: »Jahrelang hab ich versucht, dich zur Therapie zu überreden. Auch mit dem Alkohol aufzuhören, seit Jahren. Und dieser ganze Missbrauchsscheiß, der in deiner Kindheit passiert ist.«

Also standen wir uns gegenüber und starrten, und im Zimmer war es ganz still und unsere Gesichter sagten traurige Dinge.

Ich rutschte von ihr weg und stand auf und sagte Auf Wiedersehen. Ich schaute sie an und wollte noch irgendwas Einprägsames sagen. Das Wahrste, was ich je zu ihr gesagt hatte. Ich wollte etwas sagen, das ihre Meinung ändern und sie dazu bringen würde, sich zu erinnern, wer wir waren, aber das Einzige, was mir einfiel, war: »Sicher, dass du nicht mit mir schlafen willst?«

Ich fügte hinzu: »Also, du weißt schon, so *auf die alten Zeiten* oder so. *Noch einen mit auf den Weg.*« Sie lächelte und ich lächelte auch und dann sagte sie, nein, das sei keine gute Idee. Ich sagte: »Okay, aber denk zumindest darüber nach.« Sarah sagte, okay, sie würde darüber nachdenken, wenn ich im Gegenzug versprach, mich nicht umzubringen. Wir standen beide lächelnd da. Das war doch schon mal was. Sarah würde möglicherweise mit mir ins Bett gehen, wenn ich ihr versprach, mich nicht umzubringen.

An diesem Tag verließ ich unser Haus und fuhr zu Walmart. Ich hatte mich entschieden, in meinem Auto zu übernachten und außerdem all die Dinge zu tun, die ich nicht tun konnte, wenn Sarah zu Hause war. Ich betrat den Walmart und kaufte Bier. Ich kaufte Chicken Wings. Dann kaufte ich noch weitere Lebensmittel und ging zurück auf den Parkplatz und setzte mich ins Auto. Ich sagte: »Könnte eigentlich schlimmer sein.« Ich machte eine Bierdose auf und trank sie in einem Zug aus. Ich spürte den bitteren Schaum im Mund, dann kam die kalte Flüssigkeit. Ich öffnete eine zweite Dose und trank auch die. Ich schaute mir Pornos auf dem Handy an und masturbierte. Ich fragte mich, ob die Überwachungskameras des Parkplatzes mich sehen konnten, aber dann war mir das egal. Ich hatte nichts, um mich abzuwischen, also verwendete ich eine der Babywindeln, die am Vordersitz lag. Ich trank noch ein Bier und zerdrückte die Dose und warf sie auf den Boden, wo sie sich zu ihren Geschwistern gesellte. Hier entstand der kleine Haufen einer glänzenden Dosenfamilie.

Ich öffnete den Karton mit den Chicken Wings und zog einen heraus. Ich hielt den Hühnerflügel verkehrt herum, *opossum style*, und steckte ihn mir in den Mund. Ich zog die Haut herunter und kaute und schluckte und fühlte, wie ich fetter und fetter wurde, und auch die Welt wurde fetter. Ich nagte das Fleisch vom Hühnerknochen, und die Sauce brannte auf den Lippen und in den Mundwinkeln.

Ich begann ein Gespräch mit den Chicken Wings, als wären sie noch am Leben. Ich fragte, was die Zukunft für mich bereithielt.

Und die Chicken Wings lachten und flüsterten nur ein Wort: »Schmerzen.«

Ich fragte die Chicken Wings, was die Zukunft für uns alle bereithielt. Für dich.

Und sie lachten nur und flüsterten: »Schmerzen.«

Und sie lachten einfach weiter wie lauter Wahnsinnige und dann sagten sie, dass ich ab jetzt meinen Verstand verlieren würde. Dass ich mir jeden Tag wünschen würde, ich wäre tot, und dass es sogar recht wahrscheinlich wäre, dass ich das Ganze nicht überleben würde. Sie sagten, nun beginne der schlimmste Abschnitt meines Lebens. Sie sagten, der Planet Erde sei ohnehin am Krepieren und das Ende sei nahe und das sei der Tag der Abrechnung. Globale Erwärmung und der Tag der Abrechnung. Sie sagten, die Menschenwesen seien Geschichte, ab jetzt würden die Chicken Wings übernehmen. Ich lehnte mich in meinem Sitz zurück und grinste und sagte: »Klingt wie eine echt schöne Zeit. Klingt richtig lustig.«

S arah war 22, als ihr klar wurde, dass sie schwanger war. Sie ging mit diesem Gewichthebertypen aus, dann trennten sie sich und kamen wieder zusammen und sie wurde schwanger.

Und da trennten sie sich wieder.

Sarah entschied sich, das Problem zu lösen. So nannten sie es, wenn sie darüber sprachen. *Das Problem lösen.* Eines Abends traf sich Sarah mit ihrer besten Freundin, Hot Girl. Die wusste nichts von der Schwangerschaft. Also sprachen sie über eine ihrer Bekannten, die sich die Brust hatte verkleinern müssen, nachdem sie jahrelang an Rückenschmerzen gelitten hatte. Hot Girl berichtete Sarah den neuesten Klatsch: »Aber jetzt, wo sie die Verkleinerung gemacht hat, findet sie, die haben zu viel weggenommen, also lässt sie sie jetzt wieder vergrößern. Sie will wieder ihre Riesentitten.«

Sie lachten und aßen und sprachen über dies und das und Sarah sagte noch immer nichts über ihre Situation und Hot Girl verbarg auch ihr eigenes Herz vor Sarah. Als sie das Lokal verließen, blickte Hot Girl Sarah an, und Sarah blickte zurück. Es war, als wollte Hot Girl irgendetwas in Sarahs Innerem lokalisieren, aber Sarah sagte nichts. Am nächsten Tag wurde Sarah von dem Typen, der sie geschwängert hatte, nach Charleston gefahren. Sarah war still. Der Typ war ebenfalls still. Sie hörten schweigend den Liedern im Radio zu.

Sarah dachte daran, wie sie einmal mit fünfzehn einer Kirchengruppe dabei geholfen hatte, einen Protest vor einer Abtreibungsklinik zu organisieren. Sie war mit Hot Girl dort gewesen und Sarah hielt Schilder mit Abbildungen toter Babys in die Höhe, obwohl sie das gar nicht wollte.

Als Hot Girl sie einlud, dachte Sarah, es wäre für einen Campingausflug oder so, aber dann stand sie da und hielt Schilder mit toten Babys in die Höhe. Natürlich wollte Sarah Hot Girl nicht enttäuschen. In ihrer Erinnerung brüllte Sarah lauter und schwang ihr Schild wilder hin und her. Sie war gerade mal fünfzehn. Sie war eine verlässliche Freundin.

Daran musste Sarah denken, als sie auf dem Klinikparkplatz standen. Sie lachte. Sie stieg aus dem Wagen und betrat das Klinikgebäude. Sie stand im Wartebereich herum, bis eine Frau ans Anmeldefenster kam. Sarah meldete sich an, füllte die Formulare aus und überreichte der Frau einen Scheck.

Die Frau lächelte und sagte: »Okay, Sarah, dann folgen Sie mir bitte.«

Die Frau wirkte keck und munter und sagte lauter kecke und muntere Dinge. »Heute ist ja ganz schön prächtiges Wetter draußen, oder? Oh, ich hoffe, das hält ein wenig an.«

Die Frau ließ Sarah noch einige weitere Formulare unterschreiben und sagte dann: »Ihre Handtasche ist aber wirklich hübsch.«

Dann bekam Sarah ein Krankenhaushemd. Die Schwester untersuchte Sarah und machte ein Ultraschallbild. Der Glibber auf ihrem Bauch war eiskalt und Sarah fröstelte.

Natürlich hatte Sarah Angst, ihr Vater könnte auf dem Bankauszug sehen, dass Geld fehlte. Er würde sich wundern, wohin es gegangen war.

Die Schwester erklärte ihr zum wiederholten Mal die Prozedur. Also:

1) Leichte Narkose.

2) Ein Instrument würde eingeführt werden und die Prozedur beginnen.

Sarah lachte über das Wort »Instrument«. Es ließ sie an ihren Bruder denken, der in einer Band spielte. Sie dachte daran, wie ihre Mutter immer die Pickel auf dem Rücken ihres Bruders Jack ausgedrückt hatte. Sie selbst genoss es sehr, Pickel platzen zu lassen. *Pop.* Sie blickte weit in die Zukunft. Sie würde unter allen Schwestern des *AHH Hospital* als die beste Pickelausdrückerin bekannt sein.

»Was gefällt dir daran so?«, würde eine der Schwestern sie fragen.

Und Sarah würde antworten: »Es ist einfach angenehm für mich. Es ist enorm befriedigend. Jeder hat irgendeine Sache. Ich lass Pickel aufplatzen.«

Aber das alles lag noch viele Jahre in der Zukunft. Jetzt war Sarah in der Abtreibungsklinik und sie hörte der Schwester zu, wie die immer noch die Prozedur erklärte.

3) Nach der Behandlung würden Blutungen und Übelkeit auftreten, und falls die Blutung zu Hause stärker werden würde oder eine dunkelrote Farbe bekam, müsste sie sofort in die Notaufnahme fahren.

Sarah legte sich auf den Tisch und der Arzt kam herein. Er pfiff eine Melodie.

Welches Lied war es?

Sarah wusste es nicht.

Der Arzt fragte, ob sie bequem liege.

Dann sagte die Schwester: »Ich hab ihr gerade gesagt, was das für eine hübsche Handtasche ist.«

Der Arzt blickte sich um und entdeckte Sarahs Kleider, zusammengefaltet auf einem Tisch, darauf die Handtasche.

Er sagte: »Oh ja. Eine wirklich schöne Handtasche.«

Sarah dachte: Fuck yeah, Handtaschen!

Nachdem die Prozedur überstanden war, wurde Sarah mit einem Rollstuhl in einen Raum gebracht, wo sie sich hinlegen und ein wenig ausruhen sollte. In dem Raum gab es eine Menge Matratzen und Spitalsbetten und überall lagen Frauen drin. Die Betten waren durch Vorhänge getrennt. Da waren Frauen, die Orangensaft tranken, Frauen, die sich um andere Frauen kümmerten. Frauen, die darauf warteten, dass jemand kam und sie abholte. Und Sarah sah die Frauen und fand, dass es wie ein leichenübersätes Schlachtfeld aus dem Bürgerkrieg aussah. Sarah begriff, dass Kriege gegen uns alle geführt wurden. Sie setzte sich auf eines der vorhangumspannten Betten und legte sich auf die Seite. Sie versuchte zu schlafen, aber da war eine Frau im Bett gegenüber, die ebenfalls auf ihrer Seite lag. Die Frau hatte ihr den Rücken zugekehrt und weinte.

Sarah wünschte sich, die Frau möge die Klappe halten. Sie dachte: Es ist doch nur eine Abtreibung. Meine Güte. Fahr zur Erholung ans Meer. Aber die Frau hörte nicht auf zu weinen. Dann irgendwann rollte sich die Frau auf den Rücken und Sarah konnte sie durch den Vorhang sehen. Die Frau sah wie Hot Girl aus, aber Sarah war sich nicht sicher.

Das nächste Mal, als sie sich mit Hot Girl traf, sagte sie nichts darüber. Hot Girl schwieg ebenfalls. Sarah sagte nichts über die Sommertage, als sie noch klein gewesen und in die Wälder spielen gegangen waren, und Sarah sagte auch nichts darüber, dass sie immer hatte sehen können, wie Hot Girl über ihren Zaun kletterte, wenn sie zu Sarahs Haus herüberkam. Beim Spazierengehen im Wald wollte Sarah immer bestimmen, wo es hinging. Sie sagten nichts über die paar Male, als sie mit dem Ouija-Board gespielt hatten, nichts über ihre Boyfriends, die sie irgendwann einmal heiraten würden, nichts über Hot Girls rebellische Phase mit vierzehn, als sie sich den Kopf rasiert hatte, nichts über Horoskope oder Schuleschwänzen oder wie sie betrunken miteinander herumgemacht hatten, und auch nichts über das absichtliche Unversperrtlassen der eigenen Haustür. Sie hatten die Türen deshalb unversperrt gelassen, damit sie die Schule schwänzen und sich bei der anderen hineinschleichen konnten, während die Eltern bei der Arbeit waren. Dann schliefen sie ein paar Stunden nebeneinander.

Aber Sarah sagte nichts über all das, als sie Hot Girl traf. Sie waren beide voller Geheimnisse. Sie waren wie wir. Sie waren Erwachsene.

Der Typ, der sie geschwängert hatte, lächelte, als er sie von der Klinik abholen kam. Er hatte einen Kumpel mitgebracht und sie tranken gemeinsam aus einem riesigen Plastikbecher. Sie waren besoffen und wollten etwas essen gehen.

Sie wollten zu Burger King. Also verließen sie die Klinik und fuhren zu Burger King, und Sarah bestellte Chicken Filets und versuchte, ihre Übelkeit zu ignorieren. Sie tunkte die Chicken Filets in die Chicken-Filet-Sauce und sah, wie die Sauce sich an der Panier des Filets festsaugte, und sie fühlte sich wie ein Geist, der sie selbst beobachtete, und dann steckte sie sich das Stück in den Mund, schluckte und fühlte sich gut. Der Typ fuhr sie nach Beckley zurück und keiner sagte ein Wort. Er ließ sie aussteigen und keiner sagte Tschüß oder Ich liebe dich oder Es tut mir so leid oder Was zum Teufel ist grade passiert oder Warum ist das Leben so verdammt seltsam?

Sarah dachte an all die Dinge im Leben, die keinen Sinn ergaben.

Sie wandte sich an den Typen, der schon im Begriff war wegzufahren, und sagte: »Danke für Burger King.«

Der Typ sagte: »Hey, kein Problem. Burger King ist toll.«

Und dann fuhr er weg.

Und Sarah betrat das Haus, in dem sie aufgewachsen war.

Und ja.

Burger King ist toll.

Und manchmal überkam sie eine Erinnerung daran. Sie wusste, dass es albern war, aber manchmal hielt sie etwas Unsichtbares in Händen und stellte sich vor, dass jedem von uns Hunderte verschiedene Leben zugeteilt werden.

In einem Leben sind wir verheiratet.

In einem Leben sind wir tot.

In einem sind wir reich.

In einem sind wir arm. In einem sind wir Eltern. Aber jedes Mal gehören wir zu irgendwem.

Ich wollte mich tatsächlich gern umbringen, aber ich war zu ungeschickt. Ich hatte eine große Menge Paracetamol und ein bisschen Pepto-Bismol, aber ich wusste, damit kannst du dich nicht umbringen. Am Tag, nachdem mir Sarah erklärt hatte, dass sie sich scheiden lassen wollte, fuhr ich zu unserem Haus, um einige Dinge zu holen. Ich sagte ihr, dass ich mich umbringen würde, aber sie reagierte nicht. Ich nahm mir ein Zimmer in einem anderen Motel und studierte das ganze Zeug, das ich aus unserem Medizinschrank mitgenommen hatte. Ich öffnete die erste Flasche Paracetamol, nahm eine Handvoll Tabletten raus und spülte sie runter. Ich fragte mich, warum Sarah nichts gesagt hatte, als ich ihr erklärt hatte, mein Leben beenden zu wollen. Vielleicht hatte sie mich nicht gehört. Ich beschloss, sie anzurufen, aber es kam gleich die Mobilbox. Ich nahm noch eine Handvoll Tabletten aus der Flasche und schluckte sie runter.

Ich sagte: »Ich wollte dir nur sagen, dass ich so nicht weiterleben kann. Ich hasse es, wenn du mich *Mangina* nennst. Ich bin ein empfindlicher Mensch, und das war dir von Anfang an klar, als du mich geheiratet hast. Du bist eine großartige Mutter und eine großartige Ehefrau, aber ich weiß nicht, was schiefgelaufen ist. Ich will nur, dass du weißt, dass ich dich lieb habe. Bitte sag den Kindern, dass ich sie lieb habe. Auf Wiedersehen.«

Dann schüttete ich mir weitere Tabletten auf die Hand. Ich nahm wahr, wie die Tabletten herumzitterten, als ich sie aus der Flasche schüttelte. Jetzt rollten sie über meine Handfläche, als wären sie lebendig. Ich versuchte, sie zu schlucken, aber mein Mund war zu voll mit Tabletten und Bier, und ich verschluckte mich und spuckte die schleimige Masse zurück in meine Hand. Ich begriff, dass es schwer war, sich umzubringen. Das musste der Grund sein, weshalb die Leute es nicht öfter taten. Die Menschen brachten sich nicht um, weil sie zu faul waren.

Ich stopfte die Tablettenmasse zurück in meinen Mund und schluckte sie runter.

Ich dachte: Was, wenn irgendwas nicht funktioniert und Sarah meine Mobilboxnachricht gar nicht bekommen hat. Vielleicht sollte ich ihr noch eine hinterlassen.

Ich rief ihre Nummer an und wieder kam sofort die Mobilbox und ich hinterließ eine weitere Nachricht. Ich sagte: »Ich wollte dir nur sagen, dass ich es nicht mehr aushalte. Du bist eine großartige Mutter und eine wunderbare Ehefrau. Und ich finde, du solltest das mit den Schimpfnamen sein lassen. Es ist einfach gemein. Bitte sag den Kindern, dass ich sie lieb habe. Auf Wiedersehen.«

Dann dachte ich: Scheiße, verdammt. Das wird so verrückt wirken, wenn da zwei identische Nachrichten drauf sind.

Also rief ich sie zurück und sagte: »Ich weiß, das klingt sicher verrückt, aber ich wollte einfach sichergehen, dass dich diese Nachricht erreicht. Also für den Fall, dass die erste nicht gespeichert wurde. Okay. Wiedersehen.«

Ich schluckte die restlichen Tabletten aus der Flasche. Ich öffnete eine zweite. Ich riss den Sicherheitsverschluss mit meinen Zähnen auf und zog den Wattebausch heraus. »Scheiß Watte«, sagte ich und schüttete Tabletten auf meine Hand. Ich schluckte eine Ladung, ich schluckte eine zweite und dann noch eine dritte. Da begriff ich etwas. Sich mit Paracetamol umzubringen war absolut erbärmlich.

Eigentlich hatte ich immer vorgehabt, mich an der Stange oberhalb der Garagentür im Haus meiner Eltern aufzuhängen, aber ich wusste, dass Erhängen wehtat. Ich erinnerte mich an einen Freund aus der High School, der sich in den Kopf schoss, nachdem seine Freundin mit ihm Schluss gemacht hatte. Aber er traf irgendwie nicht richtig. Es riss ihm bloß den unteren Teil seines Gesichts weg und seine Familie fand ihn und brachte ihn ins Krankenhaus. Er lag drei Wochen im Koma und überlebte. Das einzig Positive an der Geschichte ist, dass er seiner Freundin leidzutun begann und sie so zu ihm zurückkam. Sie sind heute immer noch ein Paar, mit Kindern und allem. Ich dachte darüber nach. Vielleicht sollte ich auch versuchen, mir den unteren Teil meines Gesichts wegzuschießen. Vielleicht würde das Sarah überzeugen. Ich dachte an die Brücke am New River Gorge, von ihr könnte man in die Tiefe springen. Ich saß auf dem Boden des *Econo Lodge Motel* und schüttete die restlichen Tabletten aus der zweiten Flasche in meinen Mund. Die Tabletten schmeckten so bitter und schäumten in meiner Kehle und ich musste rülpsen und alles war nur noch Tablettengeschmack. Ich griff in meine Büchertasche, in die ich den Inhalt unseres Medizinschranks gekippt hatte, und da war die dritte Flasche. Ich starrte sie an. Es war nicht mal Paracetamol. Es war etwas anderes. Diese dritte Flasche, die ich mir für meinen Selbstmord mitgenommen hatte, enthielt Paracetamol für Kinder. Ich wusste, dass ich mich nicht mit Kinder-Paracetamol umbringen konnte.

Ich beschloss, mich zu übergeben. Ich lief ins Badezimmer und versuchte es. Ich krümmte mich über der Toilette. Ich steckte einen Finger in meinen Rachen und würgte. Ich stellte mir vor, wie sich Leute über mich lustig machten. »Er hat *wie* versucht, sich umzubringen? Mit dem Kopfwehmittel für Kinder und Magenschutz.« Ich sah mich selbst in einem Krankenhausbett, umringt von Sarah und ihren Schwesternkolleginnen. Alle lachten sie mich aus und sagten: »Mangina, Mangina« – und flüsterten einander zu, was für ein Verlierer ich war. Ich schob mir die Finger in den Rachen und ich würgte, aber es kam immer noch nichts. Ich versuchte einen Finger, dann zwei, dann drei. Ich würgte, bis ich die Haut auf der Rückseite meiner Kehle spüren konnte. Ich spürte das kleine Ding, das im Hals oben von der Decke hängt, von dem die Leute nie wissen, wie es heißt, und ich spürte die Wärme, die von meinem Magen aufstieg. Ich würgte, *ngah*. Ich bemühte mich, mich möglichst lautlos zu übergeben, weil Sarah es immer gehasst hatte, wie laut ich mich übergab. »Das ist das melodramatischste Kotzen, das mir je untergekommen ist. Es hört sich an wie jemand, der sich über wen lustig macht, der kotzt.« Und dann lachten wir beide, innerhalb der Erinnerung. Da wurde mir bewusst, dass Sarah ja gar nicht da war und ich so laut kotzen durfte, wie ich wollte. Ich steckte mir den Finger tiefer in den Hals und würgte und übergab mich wie der Mensch, der ich war. Ich war der lauteste Kotzer der Welt. Fuck yeah. Ich war der Weltmeister des Kotzens. Ich würgte einen Klumpen Medizin hoch. Eine Pause. Dann fing ich noch mal an und es kam alles – ich würgte all meine Erinnerungen hoch, all die Dinge, die mir durch den Kopf gingen. Ich würgte Küsse und Liebe hoch. Ihren Geruch nach Zigaretten und Kaugummi mit Tropical-Fruit-Geschmack. Ich würgte Listen all der saudummen Dinge hoch, die wir zueinander gesagt hatten, als wir noch auf Dates gingen und uns übereinander lustig machten. Ich sagte, *Ich wäre gerne so legendär wie Käse*, und sie drauf, *Okay, ich pisse dann unser Baby raus.*

Ich würgte die dummen Witze hoch und die Momente, die nur Momente waren und keine Geschichten.

Am nächsten Morgen erwachte ich neben meinem klingelnden Handy. Kurz darauf Sarahs ängstliche Stimme auf der Mobilbox. Ich schrieb ihr eine Nachricht, und sie willigte ein, sich später mit mir im Park zu treffen, wo Iris und Sam spielten. Als ich dort ankam, sagte Sarah nicht wirklich viel, nur, dass ich ihr eine Scheißangst eingejagt hatte. Dann sagte sie, dass sie nun die meiste Zeit Angst vor mir hatte. Dann versuchte sie, das Thema zu wechseln, und redete über die Arbeit im Krankenhaus. Sie erzählte mir, dass Rhani beleidigt war, weil ein Patient bei ihrem Anblick gesagt hatte: »Die Frau würde hinter einem Pflug sicher gut aussehen.«

Sie erzählte mir, dass sie bei einem bettlägrigen Patienten eine manuale Desimpaktion hatte vornehmen müssen. Ich fragte, was das bedeutete, und sie erklärte, das sei dann nötig, wenn ein Patient an starker Verstopfung und in seinen Eingeweiden eingeklemmter Kotmasse leide. Dann würmelte sie mit ihrem Finger vor meinem Gesicht herum, um zu illustrieren, wie das aussah, wenn sie Patientenhintern manual desimpaktierte. Sie sagte: »Du musst da reinlangen und den Stuhl mit den Fingern rausziehen.« Ich schüttelte meinen Kopf und sie lächelte fröhlich. Sie sagte: »Im Ernst, du weißt nicht, was echte Freude ist, wenn du noch nie eine manuale Desimpaktion bei jemandem vorgenommen hast.« Sie sagte, die meisten Menschen sterben langsam. Langsame Tode voller Scham. Und dann sagte sie, ich solle sie an mir üben lassen. Ich schüttelte meinen Kopf, nein. Ich war deprimiert, aber wollte immer noch ungern ihren Finger in meinem Hintern haben. Dann kicherte sie los wie verrückt. Sie würmelte ihren Finger herum, als würde sie mich manuell desimpaktieren. Ich bekam Gänsehaut davon. Sarah sagte, ich sollte froh sein, am Leben zu sein. Sie zeigte auf Iris und Sam. Ich schaute zu ihnen. Die beiden waren auf den Felsbrocken spielen. Ich sagte, ich sei ein Idiot gewesen letzte Nacht, ein totaler Dummkopf. Idiot allein schon deshalb, weil man sich nicht umbringen kann, indem man mehrere Flaschen Paracetamol frisst.

Sarah sagte eine Weile gar nichts, dann sagte sie: »Doch, das geht.« Sie sagte, dass das recht oft passiert. Die Leute nehmen Paracetamol, weil sie glauben, dadurch nicht zu sterben und so einfach Aufmerksamkeit bekommen, aber dann sterben sie an Leberversagen. Sie sagte, der Tod an Leberversagen sei der längste und schmerzhafteste Tod, den man sich vorstellen könne. Sie sagte: »Wenn du dich nicht übergeben hättest, wer weiß, vielleicht hättest du gekriegt, was du wolltest.« Und dann: »Außerdem bringen sich Leute jeden Tag auf akzeptable Arten um.« Ich musste an Menschen denken, die sich Fernseher kauften und sich umbrachten. An Menschen, die sich Häuser kauften und dann umbrachten. Ich dachte an Leute, die einen Job hatten, den sie hassten, und die sich umbrachten. Ich dachte an Leute, die Bücher schrieben und sich umbrachten. Sarah legte eine Hand auf meine Schulter. Dann stand sie auf. Sie blickte mich an, so auf die Art *Halt durch*, und ich war voller Selbstmitleid wegen meines Selbstmitleids. Ich sah, wie Sarah die Kinder einsammelte und zum Auto brachte. Sie schnallte sie in ihren Kindersitzen fest, und ich schaute ihnen hinterher, wie sie fortfuhren. Ich sah die Zukunft, in der ich Fernseher kaufte und mich umbrachte. Ich sah, wie ich Häuser kaufte und mich umbrachte. Ich sah mich in einem Job, den ich hasste, und ich sah all die winzigen Selbstmorde, aus denen das Leben bestand. Ich wusste, dass es eine Million Arten gab, sich umzubringen, und ich konnte es nicht erwarten, sie alle auszuprobieren.[1]

---

[1] Ich bin mir sicher, dass es irgendwo einen Buddhisten gibt, der sagt: Alles Leid kommt von Verlangen und vom Glauben, Dinge besitzen zu können, aber in Wahrheit besitzen wir nichts im Leben.
Und ich sag dem Buddhisten Folgendes: FUCK YOU, BUDDHIST.

Es war sieben Jahre her, dass Sarah und ich das Theaterstück gesehen hatten. Aber dann ging ich eines Tages ins Einkaufszentrum. Ich hatte eine Anstellung als Lehrer und ich wollte in einem Restaurant im Einkaufszentrum zu Mittag essen. In den sieben Jahren hatte ich oft nach Sarahs Telefonnummer gesucht. Einmal schrieb sie mir eine Mail, aber ich löschte sie aus Versehen, ohne zurückzuschreiben. Dann verging einige Zeit und ich ging ins Einkaufszentrum und kaufte einen Cheeseburger und eine Diet Coke und bestellte noch ein Bier. Ich trank mein Bier und überlegte, ob ich zurück in die Arbeit gehen sollte oder lieber nicht, aber dann entschied ich mich, in den Buchladen ganz am Ende des Einkaufszentrums zu gehen. Ich bezahlte mein Essen und ging in Richtung Buchladen. Und ich sah eine Frau, die aus dem Buchladen rauskam, und die Frau war Sarah. Sie trug eine Tüte mit dem Logo des Buchladens drauf und blickte zu mir und sah mich. Ich winkte ihr zu und lächelte und sie lächelte zurück. Ich ging zu ihr rüber und sie streckte mir die Hand entgegen, als wollte sie, dass ich ihr die Hand schüttle. Wir lachten beide und ich umarmte sie. Ich erzählte ihr, ich arbeite jetzt in Beckley, und sie sagte, wir sollten uns mal treffen. Also fragte ich nach ihrer Nummer und sie sagte sie mir. 3048275412. Ich frag mich, wer sie wohl wäre, wenn ich heute Abend diese Nummer wählen würde. Wäre sie die Sarah von damals?

So weit die langweilige Geschichte über meinen Tag im Einkaufszentrum und über meinen Cheeseburger und wie sich mein ganzes Leben verändert hat, weil ich den Cheeseburger bestellt habe. Damals wusste ich das noch nicht, aber die Geschichte unseres Lebens ist die Geschichte unserer Cheeseburgerbestellungen.

Also rief ich eine Woche später bei ihr an und wir trafen uns zu einem Date, obwohl Sarah sagte, dass das kein Rendezvous war. Sie sagte, dass wir nur Freunde wären und einfach zusammen frühstücken und dann zurück zu ihrem Haus gehen und dann durch den Wald spazieren würden. Sie wiederholte den Satz. »Hast du verstanden? Das hier ist kein Rendezvous.«

Ich war irgendwie froh darüber, dass es kein Rendezvous war, weil bei meinem letzten Rendezvous alles schiefgegangen war. Es endete damit, dass ich in panischer Eile ein Tankstellenklo aufsuchen musste, weil ich das ganze scharfe Essen nicht vertragen hatte. »Und, hast du's rechtzeitig geschafft?«, fragte Sarah. Sie hatte unbedingt wissen wollen, wie mein letztes Rendezvous verlaufen war.

Ich lächelte nur und schüttelte den Kopf: »Nein.«

Sarah lachte und sagte, das sei das schlimmste Rendezvous, von dem sie je gehört hätte, und warum zum Teufel sei ich so ehrlich. Sie sagte, sich in die Hose scheißen sei wahrscheinlich nicht die beste Strategie, um ein zweites Rendezvous mit jemandem zu erwirken. Dann schüttelte sie ihren Kopf und belegte ihren Teller mit Frühstücksdingen vom Büfett.

Ich tat dasselbe. Dann setzten wir uns an einen Tisch und redeten über unser Leben. Wir redeten über ihre Ausbildung und über meine Arbeit. Sie erzählte von ihrem letzten Freund und dann machte sie sich wieder über mich und den Vorfall im Tankstellenklo lustig. Sie sagte: »Du sagst mir doch rechtzeitig, wenn du musst, oder? Ich will hier keine Notfälle, nicht so früh am Tag.« Dann aß sie weiter und wir redeten. Wir redeten über einige Filme, die wir gesehen hatten, und dann redeten wir über ihre Familie. Sie fragte, was ich in letzter Zeit gelesen hatte, und ich sagte, ein Buch über einen buddhistischen Mönch, der viele Jahre lang an einem Brief schrieb, in dem er all das festhielt, was er über Liebe und die menschliche Natur wusste. Ich hatte gelesen, dass der Mönch jahrelang studiert und meditiert und niemals irgendwen in seinen Schrein gelassen hatte, wo er die ganze Zeit an seinem Brief arbeitete. Nachdem er gestorben war, öffneten andere Mönche den Brief und sahen, dass es ein leerer Zettel war. Er hatte nichts aufgeschrieben. Wir mussten beide über ihn lachen, darüber, was für ein miserabler Mönch er war. Dann redeten wir über andere Dinge. Sarah erzählte mir lustige Geschichten über ihren Hund und dann spielte sie mir eine lustige Mobilboxnachricht vor, die ihr Vater hinterlassen hatte.

Sarah erzählte, sie hätte im Radio gehört, dass der Grund für die hohe Scheidungsrate einfach die steigende Lebenserwartung sei. Das sei der einzige Grund. Die Leute leben einfach länger. Wenn dein Ehemann mit achtundzwanzig stirbt, braucht man nicht darüber nachdenken, ob man sich mit vierzig von ihm scheiden lassen möchte. Wir lachten darüber, wie weise wir klangen, und aßen weiter.

Dann war mein Teller leer und ich war satt, aber Sarah aß Eier und dann Würstchen und zwei Pfannkuchen und dann noch einen Obstsalat.

Also Eier.

Würstchen.

Pfannkuchen.

Sirup.

Noch mehr Eier.

Obstsalat.

Sarah kehrte immer wieder zu meiner peinlichen Rendezvous-Geschichte zurück. Sie sagte, Rendezvous seien lächerlich. Sie sagte, wir verlieben uns überhaupt nur, weil die Welt uns sagt, dass wir uns verlieben sollen. Man erwartet es von uns und möglicherweise wäre es besser, allein zu bleiben, sodass man sich nicht vor einer anderen Person in die Hose scheißen muss. Ich sagte, Liebe sei vielleicht bloß Chemikalien im Gehirn, die uns dazu bringen, unser Genmaterial weiterzugeben. Aber dann stand Sarah auf und füllte noch mal ihren Teller. Wir lachten über ihren großen Appetit und sie aß eine Schüssel Maisbrei und eine Schüssel Müsli und dann noch ein paar Würstchen.

Eine Schüssel Maisbrei.

Eine Schüssel Müsli.

Würstchen.

Nach dem Essen streckte Sarah ihre Arme aus und traf aus Versehen eine hinter ihr sitzende Frau. Die Frau drehte sich um und Sarah sagte Entschuldigung. Ich bedeutete der Frau, dass Sarah betrunken war. Wir lachten alle und Sarah schien wieder Hunger zu bekommen.

Sie sagte: »Ich hol mir vielleicht noch einen von diesen Zimt-Rosinen-Krapfen.«

Und sie aß tatsächlich einen.

Wir bezahlten und gingen zum Parkplatz. Wir würden zurück zu ihrem Haus fahren, dann im Wald spazieren gehen und weiter miteinander reden. Wir fuhren und redeten. Sarah sagte, dass Leute zu anderen Leuten werden, wenn sie mit anderen Leuten zusammen sind, und dass die Person, mit der wir zusammen sind, nur die Kombination all der früheren Personen ist. Sie sagte, sie sei der Meinung, dass wir nur die Kombination all der Vorstellungen anderer Menschen über uns seien. Wir sind alle ein *wir*. Ich sagte, dass wir ziemlich bekifft klangen, und dann erzählte ich von meiner Arbeit, wie anstrengend die letzten paar Jahre gewesen waren.

Sarah wurde still. Ich redete und sie hörte zu, aber antwortete nicht. Es war, als flüsterte sie sich innerlich zu: »Ich muss nicht aufs Klo. Ich muss nicht aufs Klo.«

Dann legte sie ihre Hand auf ihren Bauch und sagte leise: »Oh Gott.«

Wenige Minuten später hörte ich sie sanft rülpsen. Es war die Art von Rülpsen, wo man glaubt, dass niemand es hören kann, aber natürlich hört es jeder. Und dann änderte sich plötzlich die Stimme, die sie in ihrem Kopf hörte.

Nun riet ihr die Stimme, sofort aufs Klo zu gehen.

Sie hielt sich am Griff der Autotür fest, während ich fuhr. In ruhigem Ton sagte sie: »Scott, ich glaube, ich muss jetzt auf die Toilette.« Sie kicherte und sagte, es täte ihr leid, dass sie sich über mich und mein letztes Rendezvous lustig gemacht hatte, und das sei wohl die Bestrafung dafür.

Ich fuhr weiter und fragte: »Soll ich rechts ranfahren?«

Sie sagte, wir seien auf der Interstate. Sie könne sich nicht einfach hier im Irgendwo neben der Interstate hinhocken. Also trat ich aufs Gas und wir rasten über die Bergstraße, auf der einen Seite der Berg, auf der anderen die Schlucht.

Du liebe Zeit, eine Schlucht.

Ich sagte ihr, alles okay. Keine Sorge.

Sie wurde wütend und sagte: »Kannst du bitte einfach still sein, Andrew?«

Ich dachte: Andrew? Andrew war der Name ihres Ex-Freundes, von dem sie mir erzählt hatte.

Ich wusste nicht, was ich sagen sollte, aber dann sagte sie: »Ich weiß, ich hab dich grad aus Versehen mit dem Namen meines Ex-Freunds angeredet, aber kann ich mich bitte später entschuldigen?«

Also dachte ich nicht mehr darüber nach und fuhr einfach weiter. Ich hätte gar nie gedacht, dass hübsche Menschen aufs Klo gehen. Ich musste an den buddhistischen Mönch denken, der sein ganzes Leben lang auf den einen Brief über die menschliche Natur verwendet hatte.

Er hinterließ ihn der Nachwelt und es stand nichts drin. Ich dachte über Mönche nach und über Liebe.

Ich trat aufs Gas und wir fuhren den Sandstone Mountain hinunter.

Ich holte Traktoranhänger ein und fuhr hinter ihnen her, und manchmal hüllte uns der Rauch ein, der von ihren Bremsen kam. Nirgends gab es eine Tankstelle.

Ich hörte, wie Sarah neben mir tief ein- und ausatmete. Ich flüsterte: »Du schaffst das. Du schaffst das.«

Hier kam die Autobahnausfahrt.

Ich wand mich an den Trucks vorbei, umkurvte sie, zwängte mich zwischen ihnen durch und flüsterte: »Du schaffst das. Gleich hast du's.«

Und Sarah sagte: »Ich weiß nicht.«

Und dann kam dieser verdammte Kohlelaster und dann auch noch Kühe, die die Straße überquerten.

Fahr weiter, Kohlelaster. Fahr weiter, Holztransport. Schneller, ihr verdammten scheiß Kühe!

Und dann Geschwindigkeit und Schotterstraße und dann Landstraße und dann das Haus und die Toilette. Ich hielt vor dem Haus.

Sie sagte: »Okay, okay, okay, okay, okay.«

Sie machte die Tür auf und rannte los. Ich schaute ihr nach.

Ich saß im Auto und schaute ihr nach und fragte mich, ob sie es schaffen würde. Ich sagte: »Ich glaub, sie schafft es.« Aber dann hörte ich auf, mit mir selber zu reden, und schaute ihr einfach beim Laufen zu. Eine Sache wusste ich mit Sicherheit. Am Ende schafft es keiner von uns.

TEIL ZWEI

Ich sagte zu Sarah, ich würde vorm Walmart wohnen bleiben, bis sie ihre Meinung über die Scheidung änderte. Nach einer Woche dort stellte ich allerdings fest, dass sie ihre Meinung wohl nicht ändern würde. Also saß ich jeden Tag da und beobachtete die Walmart-Gehilfen, wie sie die verirrten Einkaufswagen einsammelten und zurück nach drinnen brachten. Ich beobachtete die Autos mit Behindertenaufkleber, wie sie bis ganz nach vorne fuhren und direkt vorm Gebäude parkten. Ich beschloss, Sarah anzurufen und zu fragen, wie's den Kindern ging.

Ich sagte zu ihr: »Also, falls du mich brauchst, weißt du ja, wo du mich findest.« Dann schrie ich: »Oh Gott!«

Sarah sagte: »Was ist passiert?«

Ich sagte ihr: »Oh, nichts, ich hab nur grade die riesenhafteste Frau aller Zeiten gesehen. Sie ist in den Walmart gegangen. Ich wünschte, du könntest sie sehen. Warte. Ich versuche, ein Foto zu machen.«

Aber Sarah sagte: »Ja, Barbara hat erzählt, dass sie dich auf dem Walmart-Parkplatz gesehen hat. Sie hat gefragt, weshalb du dort bist. Es ist peinlich, dass dich die Leute da sehen, Scott.« Sie sagte, sie müsste mir was geben, und ich wusste, was sie meinte. Sie wollte mir Geld geben für eine Wohnung.

Ich sagte, ich würde auf keinen Fall ihr Blutgeld annehmen. Sie sagte, oh doch. Ich sagte ihr, nein, und sie sagte, doch. Ich sagte, nein. Ich lebe jetzt hier. Sie sagte, nein, tust du nicht. Da versuchte ich, ein Liebesgedicht aufzusagen, das ich für sie geschrieben hatte, aber sie sagte mir, ich sei doch betrunken.

»Ich brauch ihr verdammtes Blutgeld nicht«, wiederholte ich, nachdem wir aufgelegt hatten. »Außerdem ist sie so unromantisch. Lässt mich nicht mal Gedichte für sie aufsagen, ich meine ...«

Dann saß ich im Auto und schaute auf den Parkplatz und sagte: »Das sind meine Leute hier. Das ist West Virginia.« Und das stimmte. Ich beobachtete die Walmart-Kunden, wie sie von ihren Autos zur Eingangstür wanderten und wie sie später zurückkehrten mit ihren Einkaufswagen voller Einkäufe. Ein Einkaufswagen. Zwei Einkaufswagen. Drei Einkaufswagen. Vier.

Sie kauften sich Lebensmittel für zu Hause. Damit ihre Kinder groß und stark wurden. Ich saß im Auto und trank Gin aus einer Wasserflasche. Wenn meine Blase drückte, ging ich zum Pinkeln ins Gebäude. Ein weißes Auto erschien am Rand des Parkplatzes und stand einfach so da. Ich beschloss, den Fahrer »Big Pimpin« zu nennen, und als Big Pimpin einparkte, sah das immer gleich aus. Er war ein magerer, kleiner weißer Typ mit Dreadlocks. Er saß in seinem weißen Auto, und nach ein paar Minuten erschien ein zweites Auto. Ein Redneck-Typ stieg aus und ging rüber zu dem weißen Auto. Ich fragte mich, ob sie je versucht hatten, für jemanden Liebesgedichte aufzusagen.

Dann beobachtete ich den Redneck-Typen, wie er seinen Kopf ins Seitenfenster des weißen Autos steckte. Es sah aus, als würden sie irgendwas austauschen, dann ging der Redneck-Typ zurück zu seinem Auto und fuhr davon. Dann fuhr Big Pimpin davon. Ich winkte Big Pimpin zu, aber er winkte nie zurück. Was auch nicht weiter schlimm war. Das hier waren meine Leute. Aber dann nach ein paar Minuten kam Big Pimpin zurück. Und da war eine junge Frau mit ihm im Auto, sie hatte blondgefärbte Haare und ein Gesicht wie ein Skelett. Sie warteten zusammen und dann kam ein blauer, zerbeulter Van. Meth-Girl stieg aus dem Auto und in den Van. Eine halbe Stunde lang war sie im Van, dann kam sie heraus und ging zurück zu Big Pimpin. Sie versuchte, ihren Schuh anzuziehen. Ich saß da und dachte mir meine eigene Online-Kundenrezension für den Walmart aus. Ich schaute ihnen nach, wie sie davonfuhren, und verfasste in Gedanken den Text.

Ich kann den Walmart-Parkplatz für das Wohnen im eigenen Auto nach einer Scheidung wirklich von Herzen empfehlen. Die Polizei lässt einen in Ruhe, wenn man nah genug beim Eingang parkt. Drogenhandel-Aktivitäten finden zu allen Tageszeiten statt. Außerdem gibt es auf dem Parkplatz Prostitution. 4 Sterne.

Am Abend beobachtete ich die Menschen, wie sie fortfuhren, und die Lichter glühten ringsum am Parkplatz. Ich ging hinein auf die Toilette. Eine halbe Stunde lang schaute ich mir CDs an, dann ging ich zurück nach draußen und stellte mein Auto auf die andere Seite des Parkplatzes, damit die Polizei nicht misstrauisch wurde. Sarah hatte mir eine Nachricht geschrieben: »Wir müssen reden, du brauchst Geld für eine Wohnung.«

Ich schrieb zurück: »Ich nehm kein Geld. Außerdem, warum lässt du mich nicht Liebesgedichte aufsagen? Im Ernst.«

Sie antwortete nicht. Ich lehnte meinen Sitz so weit zurück, wie es ging, legte mir die Jacke über den Kopf und schlief. Ich träumte von Leuten, die hineingingen und all die Dinge kauften, aus denen ihr Leben bestand. Ich träumte davon, dass die ganze Welt ein einziger riesiger Parkplatz geworden war, und wir lebten alle dort und dachten darüber nach, was wir kaufen sollten. Am nächsten Morgen erwachte ich, als jemand an die Scheibe klopfte. Es war Sarah und sie hatte Geld dabei. Für eine Wohnung. Ich entriegelte die Türen und sie ging ums Auto herum und setzte sich zu mir. Draußen gingen wieder Leute einkaufen und man sah ein paar Kinder beim Spielen.

Sarah sagte: »Wir müssen reden. Du musst weg von hier und du musst mein Geld annehmen.«

Ich rieb mir den Schlafsand aus den Augen und Sarah sagte: »Wo gehst du hier überhaupt auf die Toilette?« Ich zeigte auf die leere Gatorade-Flasche auf dem Boden. Dann sagte ich, dass ich auch viel auf die Kundentoilette da drinnen ging. Ich nahm heimlich meine Zahnbürste mit und putzte mir die Zähne über einem der Waschbecken. Ich sagte: »Und wenn mir langweilig wird, gehe ich rein und spiele die Videospiele, die sie dort haben. So vergeht die Zeit schneller.«

Ich erzählte ihr, wie sehr es mir gefiel, nach Mitternacht reinzugehen und mir all die Menschen der Erde beim Einkaufen anzusehen. Es waren die Menschen, die der Rest der Welt ignorierte und die sonst nirgends hingehörten. Die Leute mit den amputierten Armen und die Leute in Rollstühlen und die mit den Gesichtstattoos und den Narben. Ich war auch eine Narbe. Ich war eine riesige menschliche Narbe. Ich fühlte mich sehr ernst und stellte fest: »Walmart ist mehr als nur ein Supermarkt. Walmart ist ein Geisteszustand.«

Dann lachten wir und ich hielt Vorträge.

Ich sagte ihr, die Leute regen sich andauernd auf, dass Walmart die kleinen Familienbetriebe verdrängte, aber wer wurde wiederum von den kleinen Familienbetrieben verdrängt? Wer wurde von denen zerstört? Die Schmiede zum Beispiel. Aber man hört nirgends, dass Schmiede sich beklagen. Ich sagte, ich sei auf der Seite der Schmiede.

Dann erzählte ich ihr von meinen Träumen. Ich sagte, die ganze Welt würde einmal so aussehen wie das hier und die Leute würden für Walmart leben und für das Einkaufen. Dann schwieg ich einen Moment lang. »Es wird passieren. Die Leute werden kommen. Und werden sich in den Staub werfen.« Sarah hatte nun genug und ließ mich nicht mehr zu Wort kommen.

Während eine Frau ihren Einkaufswagen ausräumte, sagte Sarah: »Man könnte denken, die Frau dort hat schon genug Beef Jerky.« Dann wandte sie sich mir zu und sagte: »Scott, ich möchte dir gern was geben. Ich will nicht, dass du hier lebst.«

Ich hatte vor, das Thema zu wechseln, oder zumindest zu versuchen, ihr Gedichte aufzusagen, aber dann sagte ich, dass es in meinem Leben nicht nur um Geld ging, mit dem man sich eine Wohnung leisten konnte. Dass ich die Hoffnung hatte, jemandem mehr zu bedeuten als bloß ein bisschen Geld, mit dem sich derjenige von seiner Schuld freizukaufen glaubt. Ich würde hier, wenn es sein musste, für den Rest meines Lebens bleiben, sagte ich. Ich glaubte nämlich nicht mehr an die Geschichten, die uns die Welt übers Freikaufen von Schuldgefühlen erzählt. Außerdem hatte ich so oder so nicht genug Geld für eine eigene Wohnung.

Sarah sagte. »Okay, aber da weiß ich eine Lösung. Hier ist ein Scheck für dich.« Und sie griff in ihre Handtasche und zog einen heraus. Sie sagte, es sei ein Teil unserer Ersparnisse bei der Kreditgenossenschaft, und ich sagte, nein, so leicht könne sie sich nicht freikaufen. Ich sei keiner von denen, denen man ein bisschen Geld zusteckt und die dann für immer ihre Klappe halten. Sarah versuchte, mir den Scheck zu überreichen, aber ich wehrte ab. Sie sagte, es seien 4.000 Dollar und sie warf ihn mir in den Schoß. Auf dem Scheck stand: *4.000 $.* Also tat ich das, was dir das Leben zu tun beibringt, wenn dir jemand Geld geben will. Ich hielt meine Klappe und nahm es an. Ich nahm es deshalb, weil mein Leben 4.000 Dollar wert war.

Sarah stieg endlich aus dem Auto. Sie verabschiedete sich nicht. Ich sagte nicht Danke und sie sagte nicht Keine Ursache. Sarah ging fort und stieg in ihr Auto und fuhr davon.

Als sie wegfuhr, spürte ich den heftigen Drang, ihr etwas zu sagen. Ich wollte sagen, wie viel sie mir bedeutete, wie viel Spaß wir zusammen gehabt hatten, und dass das etwas ist, was niemand erklären kann – den Spaß. Und auch das Streiten. Wir hatten die besten Streite, und wo hatte es am Ende hingeführt? Aber stattdessen betrachtete ich den Scheck und dachte: Sarah hat so eine schöne Handschrift. Noch ein Grund, weshalb ich sie liebe.

Ich ging auf die Bank und reichte den Scheck ein. Und anstatt an irgendeinen anderen Ort zu wechseln, kam ich einfach zurück und saß weiter auf dem Walmart-Parkplatz herum und beobachtete Menschen beim Betreten des Gebäudes.

Ich beobachtete sie dabei, wie sie ihre Einkaufswagen füllten und darüber all ihren Schmerz vergaßen. Ich wusste, dass all die Leute bald kommen würden, und ich beschloss, mich unter sie zu mischen und einer von ihnen zu werden. Ich stieg aus dem Auto und ging in Richtung Walmart. Das Gebäude glühte vor mir wie ein Tempel. Ich ging darauf zu und auf einmal sah ich Big Pimpin. Sein Wagen stand da und nach einer Weile kam ein anderer und hielt neben ihm. Ich blickte zu ihm und winkte. Und diesmal, anstatt mich wie üblich zu ignorieren, hob Big Pimpin seine Hand und nickte und sagte Hallo und wir waren Freunde. Ich betrat den Walmart und die Supermarktgänge erstreckten sich vor mir wie Schlossmauern. Hier gab es Beef Jerky und hier Mandeln und Chicken Wings, Pizzastücke und Käse, alle möglichen Käsesorten, Steaks, Schweinekoteletts, Kekse, Müsli. Es gab Fruit Pebbles und Potato Skins und Soda, Mountain Lightning. Und Red Bull, zuckerfreies Red Bull, Bier, Leichtbier, dunkles Bier, Pistazien, alle möglichen Säfte für Kinder. Luftmatratzen als Ersatz für echte Betten. Und hier CDs und da DVDs, Salzlösungen für meine Kontaktlinsen, Kartoffelchips und Dip-Sauce für die Kartoffelchips. Ich hatte 4.000 Dollar zur Verfügung, und hier gab es alle möglichen Dinge, mit denen man sich am Leben erhalten konnte. Ich lief durch die Gänge. Ich dachte an Sarah und wie sie mir das Wort abgeschnitten hatte, als ich versucht hatte, Gedichte aufzusagen. »Was für ein Mensch wehrt sich gegen Gedichte?« Und draußen gingen all die Menschen auf dem Parkplatz, wie unterwegs zu einer Krönung. Und so mischte ich mich unter sie, denn sie waren mein Volk und das hier war mein Königreich. Sie würden sich alle in den Staub werfen. Das hier war das neue Land, das wir aus dem Skelett des alten erbaut hatten. Und ich war ihr König des Beef Jerky. Ich war ihr Kaiser der Sodaflaschen.

Schließlich fand ich doch eine Wohnung. Mein Name war Scott McClanahan und ich war kein Alkoholiker. Mein Name war Scott McClanahan und ich hatte eine eigene Wohnung. An dem Tag, da ich all mein Zeug aus Sarahs Haus schaffte, sagte ich mir die ganze Zeit: »Was immer heute passiert, denk einfach daran, dass du feiern wirst. Was immer passiert, denk daran, heute Abend schüttest du dich mit Bier voll.« Ich ging zu Fuß zum Umzugswagenverleih. Die Autos und Lkws zischten an mir vorbei, während ich ging und überlegte, ob ich vor einen Lkw fallen sollte. Ich ging neben der Straße, nicht mal einen Gehsteig gab es. Wer mich an dem Tag gesehen hätte, hätte gedacht: Da geht der einsamste Mann der Welt, und man glaubt es kaum, aber er hatte einmal eine Mutter. Man glaubt es kaum, aber er hatte auch einen Vater.

Ich fuhr mit dem Umzugswagen zum Haus, hielt an der Stelle, wo ich immer parkte, und stieg aus. Ich entdeckte den Nachbarjungen von nebenan, sein Name war Eddie und früher hatten wir oft miteinander geredet. Er kam zu mir und sagte: »Hey, Mr Scott, meine Mama sagt, Sie lassen sich scheiden.«

Ich wollte antworten: »Hey Eddie, deine Mama hat mir erzählt, dass du adoptiert bist«, aber ich tat es nicht, weil er ja bestimmt schon wusste, dass er adoptiert war und überhaupt erst vor einem oder zwei Jahren in diese Familie gekommen war. Das ist das Problem mit adoptierten Kindern, die wissen, dass sie adoptiert sind. Man kann kein dunkles Geheimnis über ihnen baumeln lassen. Also sagte ich zu Eddie, ja, es stimmt, wir lassen uns scheiden, und ich sagte ihm auch, dass ich vermutlich nicht mehr oft hier sein würde, und Eddie meinte, das sei echt schade.

Ich ging durch den Vorgarten, am Haus vorbei, bis nach hinten. Ich wusste, dass Sarah die Kellertür offengelassen hatte. Dort unten lagerten alle Umzugskartons. Ich dachte: Daran erkennst du, dass jemand wirklich die Scheidung will – wenn sie dir all dein Zeug zusammenpackt, noch bevor du überhaupt da bist. Ich öffnete die Kellertür und dachte: Was immer heute passiert, du kannst später in einem Lokal Bier trinken und alles wird gut. Du wirst im Lokal Bier trinken und wirst dich lebendig fühlen wie ein Mensch.

Ich hob den ersten Karton auf und brachte ihn zum Umzugswagen. Dann holte ich einen zweiten Karton und stellte ihn neben den ersten. Dabei schwitzte ich gewaltig, denn ich war der begabteste Schwitzer der ganzen Welt. Eddie bemerkte, ich habe wirklich viele Bücher, und ich sagte zu ihm, ja, das stimmt, und fügte hinzu, das sei überhaupt das Beste am Lesen, dass man immer jemand anders sein könne. Man sehe die Erde aus der Sicht eines Gespensts. Außerdem Zeitreisen und all diese Dinge.

Ich trug einen Karton, dann noch einen. So ging das stundenlang. Dabei rann mir der Schweiß über den Körper und hinterließ Flecken auf den Kartons. Einmal fragte Eddie mich, ob ich traurig sei, und ich sagte, ich versuche nicht darüber nachzudenken. Ich erwähnte meinen Plan, heute Abend viel Bier zu trinken und mich lebendig zu fühlen. Eddie lief mir nach und sagte, er halte das für keine gute Idee. Er sagte, er trinke keinen Alkohol, weil er erst sechs Jahre alt sei, außerdem lese er die Bibel. Ich fragte mich, ob Eddies Mutter froh darüber war, mich in Zukunft nicht mehr durch die Hintertür in den Garten pinkeln zu sehen.

Ich wollte Eddie erzählen, dass sie mich eines Abends dabei erwischt hatte, aber andererseits war durch die Hintertür hinaus in den Garten zu pinkeln ein gottgegebenes Recht jedes Menschenwesens, so hatte es Gott für uns vorgesehen.

Ich weiß natürlich nicht, was mich dazu brachte, Eddie zurückzulassen und die Treppe hochzulaufen. Am Vortag hatte Sarah mich noch gebeten, während meiner Umzugsarbeit unten zu bleiben. Sie hatte die Kinder zu ihrer Mutter gebracht, und ich hatte ihr auch versprochen, unten zu bleiben, aber aus irgendeinem Grund spürte ich mich von oben stark angezogen. Ich sagte mir: »Was immer du da oben siehst, denk dran, dass alles gut wird, in ein paar Stunden wirst du immer noch am Leben sein.« Also rannte ich die Treppen hoch und öffnete die Tür, so wie ich es immer getan hatte. Ich wanderte durch die Räume und sah mir alles an, und da waren Bilder von Iris, verkleidet als Biker, mit tätowiertem Bizeps. Da waren Bilder von Sam, in meinen Armen. Da war der Buddha-Lichtschalter, der unterhalb des Buddha-Bauches herausguckte wie ein Penis. Ich drückte den Buddha-Penis und hörte das Echo meiner Schritte überall, und die Räume waren so leer und einsam. Ich dachte: Warum fühlen sich Häuser so klein an? Ist es, weil wir sie verlassen? Oder weil wir sie schon lang verlassen haben?

Ich ging in die Küche und öffnete den Kühlschrank. Auf dem Küchentisch lag etwas, irgendein Projekt von Sarah oder so. Es sah aus, als würde sie etwas in einen riesigen Rahmen einfügen. Also nahm ich den Rahmen und drehte ihn um. Und da war es. Das Diplom eines Dr. Jones. Ich wusste, das war ein Arzt im Krankenhaus, wo sie arbeitete. Was machte sein Diplom in unserem Haus? Also rief ich Sarah an und sagte: »Was zum Teufel soll das? Du hast jetzt das Zeug deines neuen Freundes im Haus, noch bevor ich ausgezogen bin?« Sarah sagte: »Also zuerst einmal, er ist nicht mein Freund, und das weißt du auch. Und zweitens, hatten wir nicht vereinbart, dass du unten bleibst? Ich hab gewusst, dass du deswegen durchdrehst.«

Ich fragte: »Na ja, wenn dich jemand bittet, nicht nach oben zu gehen, was würdest du machen?«

Wir brüllten uns fünfzehn Minuten lang an. Dann versuchte ich, ein Gedicht für sie aufzusagen, aber wir gerieten darüber nur wieder ins Streiten. Sie sagte, sie hätte nur was Nettes für jemanden gemacht, und ich sagte, mir doch scheißegal. Nett sein war völlig überbewertet. Heute Abend würde ich Bier trinken. Ich sagte, Eddie hätte mir erzählt, dass er traurig sei, mich ausziehen zu sehen, und dann fügte ich hinzu: »Eddie mag mich. Eddie versteht mich. Hat er schon immer.« Sarah sagte: »Das kommt daher, weil er sechs Jahre alt ist, Scott.«

Ich wollte von Sarah wissen, ob sie auch nur für eine Sekunde daran gedacht habe, was sie Leuten wie Eddie antat. Sarah sagte, er würde es schon verkraften. Also brüllten wir uns weitere fünfzehn Minuten an, dann warf ich das Haustelefon auf den Boden und ging zurück nach unten.

Ich trug weiter Kartons zum Umzugswagen, und Eddie erschien wieder und fragte: »Alles in Ordnung, Mr Scott? Ich hab Sie schreien gehört.« Ich sagte, ich hätte keine Ahnung, ob je wieder alles in Ordnung kommen würde, für mich, für uns alle. Keine Ahnung. Ich sagte, ich würde es mir jedenfalls wünschen, für den Rest der Welt.

Nun trug ich den letzten Karton mit Büchern und stellte ihn in den Wagen. Dann schaute ich mir den Keller noch mal an. Da war die tote Pflanze, auf die ich immer gepinkelt hatte. Andauernd war sie tot, und Sarah hatte nie begriffen, weshalb. Ich ging herum und alles fühlte sich leer an. Alles war weg. Und dann bemerkte ich den Staub in einer Ecke. Ich sah Hundehaare und eines von Sarahs Haargummis, mit denen sie sich immer ihren Pferdeschwanz band. Ich dachte an Sarah und an Pferdeschwänze und vielleicht würde ich heulen müssen. Ich flüsterte: »Sarah.«

Ich erklärte Eddie, dass wir uns nie wiedersehen würden. Ich bat ihn, auf Iris und Sam aufzupassen, wenn sie im Vorgarten spielten. Und ich bat ihn, auch auf Bertie, unsere Hündin, aufzupassen, falls sie weglief oder so. Eddie sagte: »Nicht traurig sein, Mr Scott.« Und dann: »Jetzt können Sie ja ins Lokal gehen.« Ich schüttelte bejahend meinen Kopf. Denn Eddie hatte recht. Obwohl er die Bibel las, hatte er absolut verdammt noch mal recht.

Ich fuhr mit dem Umzugswagen zum Lokal, Bier bestellen, König meiner Unterwelt werden. Der Wagen wackelte und hüpfte und zitterte, und ich beschloss, mir auf dem Weg ein Steak zu besorgen. Ich kam an einigen Fast-Food-Restaurants vorbei, deren Schilder wie Denkmäler hochragten. Ich sah die fetten Menschen und die abgemagerten Menschen, die kleinen Menschen und die großen Menschen, und ich gehörte zu ihnen. Am liebsten hätte ich Sarah noch einmal angerufen und für sie ein Gedicht aufgesagt. Aber sie sagte immer, sie verstehe sowieso nichts von dem, was ich sagte, weil mein Dialekt so stark war. Ich fuhr neben den Passanten, aber keiner von uns hatte Angst. Die Fast-Food-Schilder vor mir wurden immer größer, und ich wusste, wenn ich eine Person aus der Zukunft treffen würde, könnte ich zu ihr sagen: Genau so sind wir. Wir sind genau das hier.

Ich fuhr weiter und das Lenkrad fühlte sich an, als bestünde der Umzugswagen aus Luft. Ich hätte bei den Fast-Food-Lokalen stehen bleiben können, aber dort gab es kein Bier. Also fuhr ich zu Applebee's und parkte dort und ging hinein, an der Eingangstür hingen Fotos vieler Menschen, wie überall. Ich fühlte mich, als wäre ich anders, als wäre ich lebendiger als die meisten, weil ich das hier genießen konnte. Ich wusste, wie herrlich die Welt war. Ich wusste, dass es irgendwo jemanden gab, der genau das gleiche Steak aß, das ich aß, und das gleiche Bier trank, das ich trank, und das vereinte uns. »Willkommen bei Applebee's«, sagte die Kellnerin. Sie trug die gleiche Uniform, die auch jemand irgendwo anders trug. Und ich betrachtete sie, wie sie ihre Kleider trug, die jemand anders erfunden hatte, und wie sie ihr Make-up trug, das jemand anders genauso trug. Eine Frau namens Michelle reichte mir eine Menükarte, und ihr Name war derselbe wie der von einer Million anderer Michelles, aber sie war ihre eigene Michelle. Sie fragte mich, was ich trinken wolle, und ich sagte: »Bier.« Sie lächelte und sagte: »Natürlich.« Dann sagte sie: »Könnte ich vielleicht Ihren Ausweis sehen?« Ich lächelte und sagte: »Danke, dass Sie nachfragen« und öffnete meine Brieftasche. Ich schwitzte immer noch von der Umzugsarbeit und mein Gesicht fühlte sich schleimig und fettglänzend an. Ich suchte nach meinem Führerschein, aber er war nicht da. Ich suchte zwischen den Karten, aber da war er auch nicht. In meinen Hosentaschen: nichts. Dann fiel mir ein, dass ich ihn herausgenommen hatte, als ich auf die Bank gegangen war. Also sagte ich, ich hätte leider keinen Führerschein dabei, und sie sagte, ja, dann tut's mir leid. Man würde ihr neuerdings genau auf die Finger schauen, grade letzte Woche habe jemand seinen Job verloren, weil er einem Minderjährigen Alkohol serviert hatte.

Sie sagte, Sie sehen so jung aus, und ich meinte, ja, das sei des Teufels Verwirrspiel. Er ließ mich jung aussehen, solange ich mich schrecklich fühlte. Vielleicht hätte ich sie anbetteln und ihr von meinem bisherigen Tag erzählen sollen, aber ich tat es nicht. Stattdessen nahm ich mich zusammen, um nicht zu heulen. Ich bestellte einen Salat und ein Steak und eine Diät-Cola. Ich trank die Cola sofort aus. Als das Essen gebracht wurde, bestellte ich gleich noch eine. Und noch eine. Und dann trank ich auch diese aus und bestellte noch eine. Ich dachte an all die Stoffe in der Cola, die einen langsam innerlich umbrachten, und ich trank sie runter und sagte: »Köstlich.« Ich aß das Steak und dachte an all die toten Tiere, die ich umgebracht hatte, und sagte: »Köstlich.« Ich aß meinen Salat und wusste, selbst Tomaten fühlen Schmerzen, wir wissen es bloß noch nicht. Ich hörte, wie die Karotten zermahlen wurden, wie sie schrien und um ihr Leben flehten, und ich sagte: »Euer Tod schmeckt köstlich, ihr Karotten.« Ich verriet dem Salat, dass ich nur aufgrund der Knochen der Toten und der Haut der Verwesung wachsen konnte. Ich sagte: »Du schmeckst ebenfalls köstlich.« Und so brachte ich alles vor mir um, was sich umbringen ließ, und ich hatte Spaß dabei. Ich bezahlte und verließ das Lokal.

Als ich vor meiner Wohnung ankam, ließ ich die Kartons ungeöffnet im Wagen. Ich parkte einfach und ging hinein. Ich ging in die Küche, griff unter die Spüle, wo ich die Flasche aufbewahrte, und zog sie hervor. Es war eine große Flasche Gin. Mit ihr ging ich nach oben und setzte mich auf meine Luftmatratze und trank. Dann trank ich Gatorade. Ich dachte: Gut hydriert bleiben. Jetzt ging draußen die Sonne unter, und ich blickte hinaus auf die dunklen Robinien und den Parkplatz mit all seinen Objekten. Ich konnte die Rückseite einiger Geschäfte erkennen und ich wusste, ich war anders, weil ich von ihnen sagen konnte, dass sie wunderschön waren. Ich konnte es auch wirklich meinen.

Ich betrank mich und nach und nach verschwand der Inhalt der Flasche und ich saß auf dem Bett und verlor das Bewusstsein, wachte wieder auf und trank weiter. Ich trank, bis alles wirr und witzig wurde. Der ganze Raum wurde betrunken. Ich dämmerte davon und fühlte irgendetwas zwischen meinen Beinen und auf dem Bettlaken unter mir. Ich schaute nach unten und da war so ein Fleck aus Feuchtigkeit, und die Feuchtigkeit war braun. Er hatte die Form eines Heiligenscheins. Ich berührte ihn und stellte fest, dass er aus Scheiße bestand. Ich hatte ins Bett geschissen. Ich fühlte die Nässe an meinem Hintern und roch den Scheißegeruch. Mein Name war Scott McClanahan und ich hatte gerade ins Bett geschissen. Ich war nicht das, was die Leute von mir glaubten. Ich war Scott McClanahan und ich feierte das Leben.

Nachdem Sarah und ich zusammengezogen waren und uns verliebt hatten, hatte ich diese Angewohnheit, ich nannte es den *Tag der Ausschweifung*. Ich wachte in der Früh auf und dachte: Heute hätte ich gern einen Tag der Ausschweifung. Ich nahm meine Brieftasche und all meine zusammengeknüllten Geldscheine und klebrigen Münzen und fuhr los und kaufte einen Kasten Bier. Ich kaufte Kartoffelchips, säckeweise, ich kaufte Käse. Als ich zurückkam, fragte Sarah, was ich vorhätte. Ich machte ein Trompetengeräusch mit dem Mund *bumpety bump bah bah* und verkündete: »Heute wird ein Tag der Ausschweifung.« Ich fragte Sarah, ob sie gern dabei sein würde.

Sarah sagte: »Nein.«

Ich sagte: »Och, geh, warum denn nicht?«

Aber sie schaute sich lieber Mordserien im Fernsehen an. Normalerweise handelten sie von Ehepartnern, von denen einer plötzlich durchdrehte, aber heute ging es um Serienmörder. Sarah sagte: »Ich würde mich voll von Richard Ramirez umbringen lassen.« Dann war die Rede von Richard Speck und von den weiblichen Brüsten, die ihm im Gefängnis mit der Hilfe von Hormonpräparaten gewachsen waren. Er ließ sie wachsen, um im Gefängnis zu überleben. »Du liebe Zeit,

Richard Speck hatte ein paar hübsche Titten«, sagte Sarah. Ja, hatte er tatsächlich.

Sie sahen so aus:

Ich fragte mich, ob das vielleicht derselbe Impuls war. Zu töten und zu lieben: etwas wie ein Kind zu besitzen, zu verschlingen, zu zerstören.

Ich hielt ein Bier in jeder Hand und trank abwechselnd links rechts. Aber dann wurde ich langsam wütend, weil Sarah den Tag der Ausschweifung nicht mitmachen wollte.

»Mach doch mit, bitte«, sagte ich, aber Sarah schaute sich weiter die Serie an. Ich ging ins Badezimmer und machte die Tür hinter mir zu. Ich masturbierte, und dann hatte ich eine Idee.

Beef Jerky. Jetzt sofort. Also ging ich zur Wohnungstür und Sarah wollte wissen, wo ich hinging, und ich sagte: »Ich gehe Beef Jerky kaufen.« Ich dachte: Sie versteht nicht, wie sehr ich Beef Jerky liebe. Sie kennt mich überhaupt nicht. Sarah lachte und schaltete dauernd zwischen zwei Kanälen hin und her, irgendeiner Doku auf dem History Channel und der Serienmördersendung. »Es ist halb zehn in der Früh, Scott«, sagte sie. »Ich weiß, es ist Tag der Ausschweifung und alles, aber beschwer dich später nicht bei mir, dass du zu viel Beef Jerky gegessen hast.«

Ich versuchte, die Haustür zu öffnen, aber sie blieb zu. Blöde Tür. Dann ging sie endlich auf und ich war draußen auf der Veranda und da war dieser Ziegel, der sich immer löste, wenn man falsch auf ihn trat.

Also sprang ich über den kaputten Ziegel, den nie jemand reparierte. »Blöder Ziegel«, sagte ich und ging runter in den Garten, zu dem Loch, wo wir etwa einen Monat zuvor einen riesigen Baumstumpf entfernen lassen hatten.

Ich lief um das Loch herum, aber schaute dabei die ganze Zeit ins Loch hinein. Und verlor irgendwie mein Gleichgewicht und fiel. FUCK. Ich fiel in das Loch. Scheiß verdammtes dummes Loch. Ich richtete mich auf und versuchte, normal auszusehen, aber es war unübersehbar: Ich war in ein Loch gefallen.

Sarah war in der Haustür. Sie fragte: »Bist du in das Loch gefallen?«

Ich klaubte Blätter von meinem schrillbunten Pullover und versuchte, die Erde von meinen Hosenknien zu wischen.

»Nein«, sagte ich. Und begann, besoffen zu heulen.

Sarah sagte: »Okay, aber warum weinst du denn?« Ich ging zurück zum Haus und sagte, dass es wahr sei, ich sei tatsächlich ins Loch gefallen und hätte gelogen. Ich konnte nicht aufhören zu weinen. Sarah fragte, ob sie mir helfen könne.

»Ja«, sagte ich. »Mach mit mir Tag der Ausschweifung.«

Sie lächelte.

Ein paar Minuten später lag ich bewusstlos im Schlafzimmer, aber als ich wieder erwachte, roch ich Pizza. Sarah war einkaufen gewesen. Da waren zwei Pizzas und eine große Portion Chicken Wings. Außerdem waren da Käseknabbereien und Beef Jerky. Dazu zwei Riesenbecher Eis und Kekstteig. Sarah löffelte den Kekstteig. Sie löffelte auch am Eis, und im Fernsehen lief die Sendung über Mord. Sarah holte sich Pizzastücke aus der Küche und dazu Knabberstangen und Chicken Wings. Sie aß Pizza, dann die Chicken Wings, dann die Knabberstangen. Dazu trank sie ein großes Glas Milch und ein zweites und dann ging sie ins Badezimmer. Ich wusste nicht, was hier vorging. Sie erklärte, sie wolle die beste Ausschweifungsgefährtin der Welt sein. Dann schloss sie die Tür hinter sich. Ich hörte Wasser laufen und sie blieb eine Weile im

Badezimmer und dann hörte ich die Klospülung. Sarah kam zurück, mit wässrigen Augen. Ich hatte keine Ahnung, was passiert war, aber irgendwie doch.

Sie begann, Eis zu essen. Sie tat es nicht mal in eine Schüssel, sondern löffelte es direkt aus dem riesigen Kartonbecher. Sie nahm Riesenportionen. Es rann ihr übers Kinn. Sie schlang die ganze Packung runter und lief dann in die Küche, um ein Stück Pizza zu holen. Sie aß das Stück Pizza. Und ging wieder ins Bad. Das Geräusch von Wasser. Ich hörte die Spülung und sie kam zurück und ich fragte, ob alles in Ordnung sei. Sie lächelte und fragte, ob Vollstopfen und Platzmachen eine akzeptable Spielart des Tags der Ausschweifung war.

Da wusste ich, wie ich hätte reagieren sollen.

Ich hätte Nein sagen sollen.

Ich hätte sagen sollen, nein, tu das nicht, das ist nicht okay, du gehst viel zu weit. Aber stattdessen lächelte ich bloß. Und sagte in meinem Kopf: »Ich akzeptiere dich. Ich akzeptiere dich, wie du bist, für immer.«

Und indem ich sie akzeptierte, sagte ich: »Kannst du mich akzeptieren, wie ich bin?«

Also saßen wir nebeneinander und akzeptierten einander.

Sie begann von ihrem Problem mit dem Essen zu erzählen, und ich erzählte ihr von meinem Schmerz. Sie sagte, sie mache es schon seit ihrer Kindheit. Einzig vorm Zahnarzt habe sie Angst, weil der Zahnarzt es immer sehen könne. Zahnärzte wissen immer alles. Sie erzählte mir all diese grauenhaften Sachen. Etwa die grauenhafte Sache mit dem Collegejungen, der sie, als sie dreizehn war, in den Spirituosenladen mitnahm. Er war riesig und schwer und sie konnte sich nicht aus dem Vordersitz befreien. Ein paar Jahre später sah sie sein Foto im Schuljahrbuch ihres Bruders und der Junge lächelte. Sie erzählte mir ihre Geheimnisse und ich erzählte ihr meine. Wir teilten unsere Geheimnisse miteinander.

Dann rannte sie in die Küche und holte ein Messer. Wir sollten uns gemeinsam umbringen, sagte sie. Ich wusste nicht, ob sie es ernst meinte, also begann ich auch zu essen. Ich aß ein Stück Pizza und ich aß Keksteig. Dann begannen wir, Pläne zu schmieden. Wir sprachen darüber, welche Morde wir begehen und welche Banken wir ausrauben würden. Mein Bauch fühlte sich inzwischen randvoll an. Also stand ich auf und ging ins Bad und machte Platz. Ich steckte mir den Finger in den Rachen und versuchte zu atmen. Ich würgte und das Kotze-Baby, das in meinem Bauch wohnte, begann sich in Richtung Mund zu bewegen. Dann kam es heraus und ich hörte das Platschen und Getröpfel im Klowasser. Mein Bauch leerte sich und knurrte und war bereit, wieder befüllt zu werden. Ich blickte den kleinen Inseln aus Kotze nach, wie sie im Wasserwirbel abwärts gerissen wurden. Nachdem ich so die ganze Welt ausgekotzt hatte, wischte ich mir den Mund ab und ging zurück ins Wohnzimmer, und Sarah und ich sprachen über Flugzeugentführungen und lachten. Wir sprachen über unsere Revolution und über den Sturz der Regierung und über History-Channel-Dokus, die von uns handelten. Wir würden es zusammen hinkriegen. Wir sprachen über Anschläge auf Präsidenten und grinsten. Wir sollten unsere Revolution einleiten und all unsere Feinde hinrichten. Wir sprachen darüber, die ganze Welt zu regieren. Dann würde es nur noch uns zwei geben. Also rief ich: »Es gibt nur uns zwei, Sarah. Nur noch uns zwei!«

Etwa um diese Zeit fing Sarah als Krankenschwester auf der Intensivstation zu arbeiten an. Jeden Abend kam sie nach Hause und erzählte von ihrer Arbeit. Sie erzählte von einem jungen krebskranken Mann, dessen Gedärme impaktiert waren und der vermutlich sterben würde. Sie sagte, er habe eine anorektale Fistel entwickelt.

Ich sagte: »Oh Gott, was ist das?«

Und Sarah erklärte, das sei dann, wenn der Körper versuche, ein neues Arschloch für dich zu bauen. Die Säure frisst sich durch die Haut und Scheiße rinnt aus dem Loch.

»Der Körper kann echt ein neues Arschloch bauen?«, fragte ich.

Sarah sagte, der Körper kann alles. Also stellte ich mir jetzt vor, wie mein Körper ein neues Arschloch baute. Ich sah mich über und über bedeckt mit Arschlöchern.

Sarah erzählte mir von einem anderen Typen, der eine Stuhltransplantation brauchte. Sie erzählte von seiner Frau, die immer weinte und verängstigt aussah.

Ich sagte: »Was? Warte. Was ist eine Stuhltransplantation?«

Und Sarah erklärte, das sei dann, wenn der Körper so viele Chemotherapien hinter sich hat, dass er gar nicht mehr auf Antibiotika reagiert. Deshalb transplantieren die Ärzte Stuhl zurück in den Körper des Patienten. Die Bakterien im Stuhl kämpfen dann gegen die Infektion.

Ich fragte: »Muss das dein eigener Stuhl sein, oder kommt er von einem Spender? Und wenn ja, muss der Spender mit dir verwandt sein?«

Sarah sagte, ich solle die Klappe halten.

Ich fragte: »Was wäre mit dem Stuhl einer anderen Spezies? Wäre Affenkot genauso wirksam?«

Sarah sagte, halt die Klappe.

Am darauffolgenden Abend erzählte sie mir von dem Schizophrenen. Er war fast zwei Meter groß und hatte Tätowierungen auf seinem Nacken, auf seinen Augenlidern und auf seinem rasierten Kopf. Eine Notiz hing an seiner Tür, die die Schwestern der psychiatrischen Abteilung für ihn gebastelt hatten: *Bitte seien Sie vorsichtig in meiner Nähe. Ich leide an Wahnvorstellungen und höre Stimmen, die mir befehlen, freundliche Menschen wie Sie zu verletzen. Bitte helfen Sie mir nicht dabei, Sie zu verletzen.*

Sarah hatte gehört, dass er in der Woche davor einer Schwester die Nase gebrochen hatte. Er war davon überzeugt, diese sei der Teufel und er sei Gott. Sarah fragte sich, warum alle immer denken, dass sie entweder Gott oder der Teufel sind. Sie sagte: »Warum halluziniert nicht mal jemand, dass er in einem Supermarkt arbeitet?«

Also setzte sich Sarah zu ihm und wusch seine Füße und begann, mit ihm zu kommunizieren. Ihr fiel auf, dass er auf seinem Unterarm ein Teufelsgesicht tätowiert hatte, und dann kam eine Schwester aus der Psychiatrie herein, um sicherzugehen, dass Sarah ihren Rücken immer der Tür zukehrte. Sarah sagte: »Mach dir keine Sorgen. Ich lass ihn schon nicht entkommen.« Die Schwester lachte darüber und sagte: »Nein, meine Liebe. Wir machen uns keine Sorgen darüber, dass er entkommt.

Sondern, dass du plötzlich in der Ecke stehst und er dich totprügelt.«
Und Sarah fuhr fort, sich um den schizophrenen Mann zu kümmern und sich seine Tattoos anzusehen.

Sie sagte: »Oh, die sind aber hübsch. Und Sie haben so viele davon.«

Und der Schizophrene blickte sie an, als wollte er sagen: »Oh, ganz toll. Ich sitz hier mitten in einem totalen Nervenzusammenbruch mit Susie fucking Sonnenschein.«

Also betrachtete Sarah weiter seine Tattoos. Ihr fiel eines auf, das einen Stern zeigte, in dessen Mitte ein Datum stand.

»Ist das Ihr Geburtstag?«, fragte sie.

Der Schizophrene antwortete nicht. Sarah versuchte, sich zu erinnern, welches Sternzeichen zu diesem Datum gehörte.

Sie sagte: »Sind Sie Fisch? Nein ... Oder Schütze? Nein ... Oder vielleicht Waage? Nein.«

Schließlich hatte der Mann genug. Er sagte: »Ich bin schizophren.«

Sie hatten beide nicht die geringste Ahnung, wovon der andere sprach. So wie wir alle.

Am selben Nachmittag erzählte die Schwester aus der Psychiatrie Sarah von den Albträumen, die sich im Inneren des schizophrenen Mannes abspielten. Da kamen Teufel vor und der Tod und Gerechtigkeit und Verwesung und Exkremente und eine explodierende Hand. Aber dann, am nächsten Tag, saß er da, unterhielt sich mit den Stimmen in seinem Kopf, und man gab ihm Medizin.

Allerdings besserte sich sein Zustand davon nicht.

Also pumpten sie ihn mit Beruhigungsmitteln voll, aber auch dadurch besserte sich nichts.

Sarah hatte eine Idee. Sie merkte sich den Platz, wo dem Mann immer dieselbe Teufelsfrauen-Halluzination erschien, und sagte: »Hat die das grad wirklich gesagt? Die hat Nerven.« Der Schizophrene blickte Sarah an. Endlich verstand ihn jemand.

Er sagte: »Ja, die redet die ganze Zeit so daher. Kannst man nichts dagegen machen. Am besten einfach ignorieren, die dumme Hure.«

Sarah hatte eine neue Idee. Sie ging rüber zu dem Platz, wo die Erscheinung saß – oder zumindest, wo der Typ hinstarrte –, und sie deutete mit dem Finger auf die Teufelsfrau und rief: »Weißt du was? Ich denke, du solltest dein blödes Maul halten, du blöde Schlampe.«

Der Schizophrene wirkte begeistert. Endlich verhielt sich jemand sinnvoll. Endlich half ihm jemand. Und Sarah tat so, als würde die Teufelsfrau mit ihr zu streiten anfangen.

Sie sagte: »Was hat die zu mir gesagt?«

Der Schizophrene sagte: »Wird Ihnen vielleicht nicht gefallen, aber sie hat Sie vor ein paar Minuten *Fotze* genannt.«

Und Sarah: »Wie bitte?«

Und sie begann mit der Luft zu ringen. Sie boxte und trat nach ihr und dann nahm sie die Luft in den Schwitzkasten und schließlich trat sie noch einmal nach ihr, bis die Teufelsfrau aus dem Raum flüchtete.

Sarah rief ihr nach: »Lass deine Hurenvisage hier bloß nicht mehr blicken, oder ich reiß dir deine lächerlichen Extensions aus, verdammte Sau.«

Dann klatschte Sarah in die Hände und sagte: »Pfui, war die eklig.«

Der Schizophrene sagte: »Oh Gott sei Dank ist sie weg. Endlich.«

Sarah lächelte. Sie wusste, die Welt war ein riesiges Krankenhaus, in dem wir alle gefangen waren. Und sie dachte über all die unsichtbaren Dinge nach. Sie dachte an die Erdanziehung und den Wind, und sie dachte an das unsichtbarste Ding von allen.

So ging das jeden Tag. Wir hatten unsere Tage der Ausschweifung und lebten unser Leben und jeden Abend kam Sarah nach Hause und erzählte, wie geisteskrank ihre Kolleginnen waren. Eine hatte einen achtzigjährigen Mann angebrüllt: »Hat dir deine Mutter nie beigebracht, wie man sich die Vorhaut reinigt? Was muss das für eine Rabenmutter gewesen sein.«

Und Sarah erzählte mir, wofür Krankenschwestern ihr Geld ausgaben. Brüste. Brustvergrößerungen. Eine der Schwestern hatte mit ihrer Kreditkarte für ihre neuen Brüste bezahlt, aber sich dann als zahlungsunfähig herausgestellt. Sarah fragte sie, ob es sie nicht nervös machte, das Geld für ihre Operation nicht bezahlen zu können.

Die Schwester drückte ihre Brust heraus, wackelte mit ihren Titten und sagte: »Überhaupt nicht nervös. Gerichtsvollzieher nehmen dir nicht die Titten weg, Schwester.«

Sarah erzählte von dem alten Mann, der ihr Lieblingspatient war.

Er litt an Diabetes und man hatte ihm ein Bein amputiert. Sarah sagte, er sehe mit seinem einen Bein aus wie ein Pirat. Der Alte verstand zuerst nicht, aber dann lächelte er und machte: »Arrrh.« Allerdings hatte er keine

Verwandten, und niemand kam ihn je besuchen. Er war außerdem fast vollkommen taub, oder zumindest dachten alle Schwestern das über ihn, bis Sarah auffiel, dass seine Ohren voller Dreck waren.

»Du liebe Zeit, sieht so aus, als müssten wir Ihnen die Ohren ausputzen«, sagte Sarah und nahm eine Pinzette. Sie zog einen Pfropfen Ohrenschmalz heraus. Sie hielt ihn und betrachtete ihn. Der Pfropfen war so groß wie der Finger eines Babys.

»Ich wette, das fühlt sich jetzt besser an«, sagte Sarah.

Da rief der Mann auf einmal: »Ich kann hören! Ein Wunder! Ich kann hören!« Aber es war kein Wunder. Bloß Ohrenschmalz.

Einmal erzählte sie mir eine Geschichte übers Sterben. Es war drei Uhr nachts und ein junger Mann wurde auf die Intensivstation gebracht, der im Prinzip schon hirntot war, aber sie hielten ihn irgendwie am Leben. Sie hielten ihn am Leben, damit seine Mutter aus North Carolina anreisen und sich verabschieden konnte. Die Notaufnahmeschwester zeigte Sarah den Krankenbericht: »Schussverletzungen im Brustbereich und in der Wirbelsäule und im Hals. Ist vor ein paar Stunden passiert. Ein Familienstreit.« Es gab sogar noch eine weitere Kugel, direkt in seinem Schädel. Sarah betrachtete den jungen Mann, berührte ihn am Arm und hörte sich den Bericht ihrer Kollegin zu Ende an. Sie erfuhr, dass der Patient übers Wochenende aus North Carolina gekommen sei, um seine Schwester vor ihrem gewalttätigen Freund zu beschützen. Er hatte dafür eine Pistole mit sich geführt, und dann kam es zu einer Konfrontation mit dem gewalttätigen Partner der Schwester. Schüsse wurden abgefeuert, und da lag er nun.

Sarah versuchte sich vorzustellen, wie sein Tag verlaufen war. Vielleicht hatte er zu Beginn des Tages mit seinem Neffen Videospiele gespielt. Oder vielleicht hatte er einen Football geworfen. Er küsste seine Schwester auf die Wange und berührte ihren schwangeren Bauch und dann, am selben Abend, wurde auf ihn geschossen und er lag hier vor Sarah und würde sterben. Sarah rief die Mutter des jungen Mannes an und berichtete ihr über seinen Zustand. Die Mutter verlangte, dass Sarah das Handy an das Ohr ihres Sohnes hielt. Sie sagte ihm, er solle bitte am Leben bleiben. Sie sagte, sie liebe ihn sehr, nur für den Fall, dass sie nicht rechtzeitig ankam. Dann legte Sarah auf und überprüfte die Vitalwerte des Patienten. Irgendwo im Hintergrund piepste eine Maschine, dann ein zweites Mal. Sie hängte ihm noch eine Infusion an. Ihr fielen die Tattoos auf seinen Fingerknöcheln auf, und auch das in Form einer Träne auf seiner Wange. Am Rand seines Nackens gab es das Bild einer Klaue. Sarah dachte an die schlechtesten Tattoos, die ihr bislang untergekommen waren.

Einmal hatte sie einem Jungen die Hose ausgezogen, und da waren zwei Tattoos gewesen. Eines auf jedem Knie. Auf dem rechten stand *Fuck* und auf dem linken *You*. Und Sarah lächelte und dachte an ein anderes Beispiel, einen Typen, der mit Überdosis eingeliefert worden war. Der hatte sich auf seinem Bizeps Folgendes stechen lassen: *Mutter. Die einzige Frau eines anderen, die ich je geküsst hab.*

Sarah strich das Bettzeug des erschossenen jungen Mannes glatt. Es spannte und wellte sich unter den Schläuchen. Dann blickte sie nach unten und entdeckte ein Tattoo, das quer zwischen seinen Hüften verlief, oberhalb seiner Schamhaare. Es teilte ihn in zwei Hälften, direkt unterhalb des Bauchs. Sarah fragte sich, was es wohl sagte.

Also zog sie das Bettlaken ein wenig auf die Seite und schaute es sich an. Und da stand: *The Bedroom Bandit.* Sarah musste lachen und ging raus und flüsterte ihrer Freundin Rhani, die im Korridor stand und irgendwas ausfüllte, zu: »Hey, Rhani, komm schnell.« Sie machte eine Anlockgeste mit ihrem kleinen Finger, und schließlich folgte Rhani ihr ins Zimmer. Rhani fragte: »Was denn?«, und Sarah hob das Laken hoch und zeigte auf das Tattoo. *The Bedroom Bandit.* Rhani lachte und schaute sich den Schriftzug aus der Nähe an.

»Was ist das darunter?«, fragte Rhani, und dann studierten sie beide das Design. Unterhalb des Schriftzugs waren zwei kleinen Pistolen. Und aus den Pistolen kam Rauch und unter ihnen war noch etwas zu sehen.

»Was ist da?«, fragte Sarah.

Rhani lächelte. »Mösen«, sagte sie.

Sarah ging näher ran und sah, dass das stimmte. Es waren winzig kleine Mösen, und auch aus ihnen kam Rauch. In diesem Moment hörten sie von draußen im Korridor ein Geräusch. Rhani ging aus dem Zimmer, zurück zu ihrer Arbeit, und Sarah drehte sich um und da war eine andere Schwester, die sagte: »Seine Mutter ist jetzt da.«

Sarah bedeckte schnell den Körper des Bedroom Bandit mit dem Bettlaken. Sie wusste, dass der junge Mann nie im Leben damit gerechnet hatte, dass seine Mutter die Tattoos je zu Gesicht bekommen könnte. Die Mutter betrat das Zimmer wie in Trance.

Sie trat ans Bett ihres Sohnes und flüsterte: »Mein Baby. Mein Baby.«

Sie fasste sich etwas und bedankte sich bei dem Bandit, dass er ihr Sohn gewesen war, und sie dankte auch Gott, dass er ihr erlaubt hatte, seine Mutter zu sein. Sie sagte, er sei ein guter Sohn. Eines Tages würde sie ihn im Himmel wiedersehen.

Sarah griff nach unten, um das Bettlaken vorm Herunterrutschen zu bewahren, aber dann bewegte die Mutter ihren Arm irgendwie um ihren Sohn und das Laken wurde mitgezogen.

»Oh, Entschuldigung«, sagte Sarah und versuchte, das Laken zurück an seine Stelle zu ziehen, damit die Mutter die Tattoos nicht sah. Aber die Mutter hatte bereits alles gesehen und Sarah ließ das Laken aus.

Die Mutter sagte: »Was ist das da auf meinem Sohn?«

Schweigend betrachtete sie den Schriftzug. Mit ihren Fingern fuhr sie die Buchstaben entlang. Das B. Das E. Das D.

Sarah sagte: »Ich denke, jeder von uns macht manchmal Dinge, von denen er nie glaubt, dass seine Mutter sie je zu Gesicht bekommt.« Die Frau antwortete nichts. Dann sagte sie: »Nein, es freut mich, dass er das Leben genossen hat. Es macht mich froh. Und das Leben scheint auch ihn genossen zu haben.« Dann sagte sie zu Sarah, dass er ein guter Sohn war. Es war ihr wichtig, dass Sarah das wusste. Sarah und die Mutter lächelten. Eine Stunde später war das Lächeln der Mutter immer noch leicht zu sehen, als die lebenserhaltenden Maschinen abgeschaltet wurden. Die Mutter hielt seine Hand und küsste sein geschwollenes Gesicht. Und sie sagte ihm, er solle nach Hause gehen. Nach Hause. Er hatte ohnehin nie ihr gehört.

Sarah dachte an all die wahren Tattoos, die es niemals auf unsere Haut schaffen. Sie fragte sich, warum die Leute sich nicht Dinge tätowieren ließen, die wahr waren, wie zum Beispiel *Ich bin kein Schmetterling. Ich bin kein Einhorn. Ich bin keine Schlange. Ich habe Angst. Ich bin innerlich tot.*

Das sind die Bilder, die wir unterhalb der Haut tragen. Bilder, die auf unserem Herzen stehen, direkt ins Gewebe geschrieben, und sie sagen alle dasselbe: Wir verlieren, was wir lieben.

Ich dachte, dass Sarah vielleicht einen neuen Freund hatte. Obwohl ich bereits ausgezogen war und wir kurz davor standen, die Scheidungspapiere zu unterschreiben, kam ich immer noch regelmäßig ins Haus, um auf die Kinder aufzupassen, während Sarah außer Haus war. Eines Nachmittags, als sie zur Arbeit gegangen war, ging ich ins hintere Schlafzimmer und durchsuchte ihre Sachen. Ich zog die winzigen Schubladen ihrer Schmuckschatullen heraus und stöberte in ihnen nach irgendeiner Art von Beweis. Ich machte Kleiderschubladen auf und zu, in der Hoffnung, in ihnen die Liebesbriefe eines neuen Partners zu entdecken. Währenddessen schrien in der Küche die Kinder in ihren Kindersitzen. Ich rief: »Bin gleich bei euch! Sekunde! Daddy sucht nur kurz. Nach Hinweisen, dass Mommy ihn betrügt.« Aber die Kinder interessierte das nicht und sie schrien weiter, als wäre ich bloß irgendein paranoides Arschloch. Also stöberte ich weiter. Ich durchsuchte eine gelbe Handtasche, die sie vor ein paar Tagen noch mit sich herumgetragen hatte. Darin fand ich ein paar zerknüllte Kaugummipapiere und ein altes leeres Tablettenfläschchen aus der Ernährungsklinik.

Ich ließ das Fläschchen zurück in die Handtasche fallen und draußen brüllten immer noch die Kinder und ich sagte: »Jetzt seid doch mal ruhig, eure Mutter ist auf Drogen. Sie nimmt Speed.« Ich legte die Handtasche zurück in den Schrank. Dann durchsuchte ich ihre Schmutzwäsche, die sich in einer Ecke stapelte. In den Hosentaschen fand ich einige Listen. Auf einer stand *Gray Goose Vodka und Tattoos*. Tattoos? Dann fand ich ein zerknülltes Post-it, auf das jemand eine Telefonnummer notiert hatte: 304-979-5450. Ich nahm das Post-it mit in die Küche und beruhigte die Kinder. Ich gab Iris ein paar Weintrauben zu essen und beschäftigte Sam mit ein paar Spielzeugschlüsseln aus Plastik. Ich erwähnte nichts davon, dass ich soeben die Telefonnummer des neuen Freundes ihrer Mutter entdeckt hatte und dass es dieser Mann war, der unsere Familie zerstörte.

Die Kinder spielten und kicherten und aßen. Ich nahm das Telefon und versuchte, die Nummer einzutippen. Meine Finger zitterten. Dann klingelte es und ich legte mir Sätze zurecht, die ich ihm in den Hörer brüllen konnte. Vielleicht war Sarah ja gerade bei ihm. Da meldete sich die Mobilbox. Und ich hörte die Stimme von diesem Bastard. »Beckley College, Anschluss von Scott McClanahan. Bitte hinterlassen Sie mir eine Nachricht, dann werde ich Sie so schnell wie möglich zurückrufen.«

Fuck. Die Kinder starrten mich an, als wäre ich der letzte Idiot.

Ich sagte: »Schaut mich nicht so blöd an. Hab mich einfach geirrt. Ich meine, wer kennt schon seine eigene Nummer bei der Arbeit auswendig.«

Also beschloss ich, einen Gang runterzuschalten. Ich sagte ihnen, das sei immer noch keine Erklärung für die Rechnung aus einem Kleidergeschäft, auf der *Herrenbekleidung* stand. Ich fütterte sie und wischte ihre Gesichter sauber und dann setzte ich sie vor den Fernseher. Ich ging zum Computer und öffnete die Webseite des Kleidergeschäfts. Ich tippte die Produktnummer ein, die auf der Rechnung stand. 7aj665. Daneben stand auf der Rechnung *Menge: 3*. Ich dachte an Hemden oder vielleicht Krawatten. Ich stellte mir Sportjacken vor und neue Hosen. Sie hatte ihrem neuen Freund Kleider gekauft. Aber die Webseite zeigte nichts an, nachdem ich die Produktnummer ins Suchfeld eingetippt hatte. Also musste ich alle Artikel in der Kategorie Herrenbekleidung einzeln durchsuchen. Ich scrollte nach unten und las die Produktnummern. 7aj658, 7aj675, 7aj621. Ich fand die Nummer nicht. Als ich dann am Abend ein paar meiner eigenen Kleider einpackte, um sie mitzunehmen, fiel mir eine Plastiktüte des Kleidergeschäfts auf, die in einer Ecke des Zimmers lag. Drinnen fanden sich drei leere Verpackungen für Unterhosen, die Sarah vor einem Monat gekauft hatte. Es waren meine eigenen.

Also beschloss ich, mich nicht mehr wie ein Verrückter aufzuführen. Etwa eine Woche später erzählte mir Sarah am Telefon, ihre Mutter würde heute auf die Kinder aufpassen, da sie zur Verabschiedungsfeier für ihre Freundin Kimmy gehen müsse. Kimmy verließ das Krankenhaus für einen neuen Job. Ich wusste, dass Sarah Kimmy schon seit Jahren kannte. Ich sagte: »Okay, richte deinem neuen Freund liebe Grüße von mir aus.« Sarah fragte, ob sich meine Paranoia denn schon etwas gebessert hätte, und ich sagte, ja, doch, ich denke schon. Wir lachten ein bisschen und dann legten wir auf und ich ging zurück an die Arbeit und ein paar Minuten später stiegen die alten Gedanken in mir auf. Ich dachte: Sie hat jemand anders und der ist der Grund für die Scheidung. Dann dachte ich: Sie hat einen neuen Freund und erfindet einfach das mit Kimmy. Ich wette, sie geht heute zu ihm.

Ich verließ mein Büro und stieg ins Auto. Ich fuhr den Berg runter und wurde an der roten Ampel aufgehalten. Ich sagte: »Komm schon. Mach weiter.« Ich saß da und wartete. Irgendwas stimmte nicht mit mir. Ich dachte an damals, als Sarah mich noch geliebt hatte, und auch daran, wie sie immer barfuß über unseren schattenfleckigen Fußboden gelaufen war. Ich dachte an all die Geräusche, die wir machten. Ich dachte an die Hamburger, die ich von Wendy's geholt hatte, an unserem ersten gemeinsamen Abend, und wie wir sie in der Küche gegessen hatten, ohne Licht zu machen. Ich dachte daran, wie sich der Klang eines Gedichts in meinem Mund anfühlte. Aber dann wurde die Ampel grün und ich fuhr weiter. Ich fühlte meinen Herzschlag und der Name von Dr. Jones kam mir in den Sinn und ich erinnerte mich, wie wir ihn vor Jahren einmal im Einkaufszentrum gesehen hatten und wie begeistert Sarah ausgesehen hatte. Richtig mit so leuchtenden Augen. Damals hatte ich gedacht, so blickt sie mich nie an. Er war Chirurg, auf Lungen spezialisiert, und hatte seine Praxis hier in der Gegend eröffnet. Lungen: da, wo unser Atem und Leben wohnen.

Ich dachte: Im Krankenhaus brauche ich sie nicht zu suchen, denn sie ist wahrscheinlich gar nicht bei Kimmys Verabschiedungsfeier. Ich wette, sie ist bei Dr. Jones. Also fuhr ich zu seiner Praxis. Ich fuhr an allen Autos auf dem Parkplatz vorbei, auf der Suche nach Sarahs Auto. Ich sah einen Ford Minivan. Ich sah einen Dodge Minivan. Ich sah ein paar verbeulte Autos mit so Plastik anstelle von Fenstern und ich sah ein paar Arztautos und ich sah einen Toyota. Ich sah einen anderen Dodge Minivan und ich sah einen schwarzen Honda CRV. Ich parkte und stieg aus und schaute hinein. In dem Honda waren zwei Kindersitze. Der für Iris und der für Sam. Sie hatte also die Kinder mitgenommen. Ich dachte: Motherfucker. Hab ich dich. Du bist nicht bei Kimmy. Du triffst dich mit Jones.

Ich lief ins Gebäude. Ich hatte die Absicht, direkt hinter Jones' Tür Aufstellung zu nehmen und zu beobachten, wer herauskam. Ich saß da und wartete. Die Tür ging auf.

Nicht Sarah.

Die Tür ging noch mal auf.

Wieder wer anders.

Die Tür ging ein drittes Mal auf. Wieder wer anders.

Aber dann ging die Tür wieder auf und Sarah kam aus Dr. Jones' Praxis. Sie sah abgemagert aus und ging mit raschen Schritten in Richtung Parkplatz.

Ich lief ihr nach und holte sie ein und sagte: »He, wie geht's Jones?«

Sarah blickte mich verwirrt an. »Scott? Was? Ich war bei Kimmy.«

Ich sah die Wut in ihrem Gesicht. Sie brüllte mich an: »Verdammt noch mal, Scott«, und dann begann sie zu schimpfen und zu schreien, sie habe wirklich genug von diesem Scheiß. Sie sagte, ich solle zu einem Psychiater gehen. Ich begann, mich zu entschuldigen. »Tut mir leid. Tut mir leid.« Sie sagte: »Ich hab dir doch gesagt, es ist die Verabschiedungsfeier für Kimmy. Es ist ihr letzter Tag. Und genau wegen diesem verrückten Scheiß wollte ich die Scheidung.«

Ich antwortete, ich hätte gedacht, Kimmy arbeite mit ihr im Krankenhaus, nicht in Jones' Praxis, und Sarah sagte, ich sei ein Idiot. Sie sagte, Kimmy arbeite bei Jones. Dann wiederholte sie: »Ich hab es so satt. Ich hab es so verdammt satt.« Und sie zog ihre Autotür zu und brüllte mich durchs offene Seitenfenster an. »Kimmy arbeitet schon seit Jahren nicht mehr auf der Intensivstation. Sie arbeitet hier, seit sie von dort weg ist.«

Man stelle sich also vor, wie ich leise »Tut mir leid« sage – und wie Sarah in ihrem Auto davonfährt.

Ich verließ den Parkplatz und schwor mir, die Verrücktheit abzuschütteln. Ich atmete ein paar Mal tief ein und aus, aber dann kamen wieder alle die schlimmen Gedanken. Ich dachte: Die lügt doch. Ich wette, Kimmy arbeitet gar nicht hier. Also fuhr ich zurück in mein Büro und entwarf einen Plan. Ich würde Dr. Jones' Büronummer heraussuchen und bei ihm anrufen und so herausfinden, ob Kimmy wirklich bei ihm arbeitete. Also saß ich eine Weile an meinem Schreibtisch und suchte im Internet nach Dr. Jones' Praxis. Ich schaute mir alle Gesichter auf seiner Webseite an. Es gab niemanden mit dem Namen Kimmy. Ich sah eine Margaret und eine Samantha, aber keine Kimmy. Vermutlich existierte diese Kimmy überhaupt nicht. Meine Hände zitterten so stark, dass ich mich zuerst verwählte. Ich versuchte es noch einmal und diesmal erreichte ich die Praxis und hörte es klingeln. Ich wartete.

Eine Stimme meldete sich: »Guten Tag, Praxis von Dr. Jones.«
Ich fragte den Mann: »Hallo, könnte ich bitte Kimmy sprechen?«
Sarahs Lüge war aufgeflogen.
Der Mann antwortete: »Ja, Sie sprechen mit ihr. Ich bin Kimmy.«
Ich wusste nicht, was ich sagen sollte.

Ich sprach mit Kimmy. Die Stimme gehörte gar keinem Mann. Ihr Name war Kimmy und sie war eine Frau. Ihr Name war Kimmy und sie existierte. Also sagte ich ihr, es tue mir leid, und legte auf. Ich wusste, dass ich mich auf ganzer Linie geirrt hatte, und ich hoffte, nie wieder wegen irgendetwas recht zu behalten.

Am nächsten Tag rief mich Sarah an und sagte, wir müssten die Papiere unterschreiben. Wir hatten auf Anwälte verzichtet. Wir trafen uns einfach im Empfangsbereich des Gerichts und standen schweigend voreinander. Sarahs Gesicht sah verquollen aus und sie hielt Taschentücher in der Hand und wischte sich damit die Nase, weil sie weinte. Ihre Hände zitterten, als sie mir die Papiere reichte, und sie schluchzte und ich berührte ihre Hand. Dann unterschrieb sie. Und noch mal. Und hier noch mal. Dann unterschrieb ich. Und noch mal. Und hier noch mal. Ich sagte ihr, dass ich das nicht wollte. Ob sie denn nicht ihre Meinung ändern könnte. Sarah antwortete, sie würde Kopien anfertigen und dann beim Gericht einreichen. Und sie überreichte mir meinen Teil der unterschriebenen Papiere. Das war also der Anfang vom Ende. Wir mussten nur noch einen Kindererziehungskurs besuchen und würden dann das offizielle Scheidungsdatum zugeteilt bekommen. Es ging alles ganz leicht. Es war scheißlangweilig. So wie unser Leben.

Am Abend saß ich zu Hause und las Ovid, und da war diese erste Zeile, die so ging: *Zu singen kommt mir der Mut von all dem, das sich verwandelt.* Mir fiel auf, dass ich jetzt noch etwas anderes übers Leben wusste, als bloß das, dass einem alles abhandenkommt. Nämlich Folgendes. Egal, was passiert, alles wandelt sich. Ich dachte: Bist du gerade glücklich? Gut. Dann warte einfach ab.

Am nächsten Tag ging meine Klimaanlage kaputt. Meine Mutter half mir beim Aufräumen und es war sauheiß und wir hatten die Klimaanlage viel zu stark aufgedreht. Ich rief den Reparaturdienst an. Man würde wen vorbeischicken. Später stand ich am Fenster und hielt nach dem Mechaniker Ausschau und sagte zu meiner Mutter, wie schön es war, eine eigene Wohnung zu haben, anstatt auf dem Walmart-Parkplatz zu leben, neben all den Drogensüchtigen. Direkt gegenüber meiner Wohnung war eine Moschee und ich betrachtete gern die Familien, die sich am Freitag dort versammelten. Ich sagte, die Moschee sei eine innige Barmherzigkeit in meinem Leben und als solche viel besser als die Verrückten auf dem Parkplatz. Meine Mutter meinte, die Lage in Rainelle sei schon so schlimm, dass die Medikamenten-Junkies in die Häuser älterer Frauen einbrachen, sie verprügelten und ihnen die Medikamente stahlen. Ein alter Mann aus der Dorfgemeinde sei gestorben, und sie hätten sein Haus ausgeraubt, während die Familie bei der Beerdigung gewesen war. Ich schüttelte darüber nur den Kopf und sagte, es sei schon ein Glück, dass Dad das Sicherheitssystem installiert hatte. Dann zeigte ich ihr die Luftmatratze, auf der ich schlief.

Ich sagte: »Ich meine, wer braucht schon ein Bett, wenn er so eine extrem coole Luftmatratze hat?« Dann glaubte ich, draußen vor der Tür den Typen vom Klimaanlagen-Reparaturdienst zu hören, aber da war niemand. Ich betrachtete die Straße durch ein kleines Loch, das der frühere Mieter in die Jalousien gebohrt hatte, um diejenigen sehen zu können, die kamen, um ihn zu verhaften. Meine Mutter fragte, ob sie Queen Size war. Ich drehte mich zu ihr und der Luftmatratze um, so auf die Art *Und ob, auf jeden Fall Queen Size.* Ich sagte: »Bin schließlich nicht geizig. Das hier ist der Cadillac unter den Luftmatratzen.«

Darüber lachten wir beide und sie sagte: »Oh, Scott. Was ist das hier?« Sie deutete auf den Teil der Matratze, den ich mit Klebeband abgedichtet hatte.

Ich fragte »Was?«, und sie zeigte noch mal auf die Stelle.

Ich sagte: »Ah, das ist ein Loch, das musste ich abdichten.« Und ich erzählte ihr, dass die Luft jede Nacht langsam ausströmte und dass ich sie jeden Morgen neu aufpumpen musste. Jeden Morgen, wenn ich erwachte, schlief ich auf dem Boden.

Meine Mutter sagte: »Wirst du die Kinder auch auf so was schlafen lassen?« Ich sagte, darüber müsste sie sich keine Sorgen machen. Es sei nur eine Metapher fürs Leben und es werde schon irgendwie gehen. Es würde ein großes Abenteuer werden. Ich lebte ja nicht mehr auf dem Parkplatz und musste mich nicht mehr um den Scheiß dort kümmern. Ich sagte, die Familien, die jeden Freitag in die Moschee gingen, seien so angenehm anzusehen. Und ich nickte bestätigend, und meine Mutter stand vor mir, Hände in die Hüften gestemmt, und sagte »Okay«, und dann sammelte sie ihre Sachen ein und küsste mich und sagte »Ich hab dich lieb, Scott.« Sie sagte, es würde alles in Ordnung kommen. Sie sagte, wenn wir uns am absoluten Tiefpunkt glauben, sei das nie der absolute Tiefpunkt. An unserem absoluten Tiefpunkt seien wir nämlich in den Armen Gottes. Sie sagte, Gott zeigt uns seine Liebe durch unser Leid. Das Leid ist eine Umarmung Gottes, aber wir erkennen das nicht. Ich sagte ihr nicht, dass sie albernes Zeug redete. Stattdessen sagte ich, sie brauche sich keine Sorgen zu machen, alles würde sich einrenken, außerdem würde Sarah bald ihre Meinung ändern. Ich versprach es ihr. Dann schaute ich zum Fenster hinaus und sagte: »Hoffentlich kommt jetzt bald der Reparaturmensch.« Meine Mutter verließ die Wohnung. Ich sah sie draußen in ihr Auto steigen. Ich winkte ihr durchs Fenster zu und sie winkte zurück.

Ein paar Minuten danach hörte ich jemanden in der Einfahrt. Eine Autotür ging auf und wurde zugeworfen. Ich dachte mir, das ist sicher der Mechaniker. Ich ging ins Schlafzimmer und wechselte das alte verschwitzte T-Shirt, das ich trug, gegen ein neues, sauberes. Dann zog ich die alte durchlöcherte Jeans aus und eine neue an, die bloß ein einziges Loch über dem Knie hatte. Ich ging zurück ans Fenster und spähte hinaus. Aber es war immer noch nicht der Mechaniker. Draußen stand ein hübsches Auto mit paar Leuten drumrum, und im Auto saß eine Frau. Und neben ihr, hinterm Lenkrad, ein junger, ziemlich muskulös aussehender Typ. Und hinten saß noch jemand, aber man konnte ihn nicht gut erkennen. Ich dachte: Was für hübsche Menschen. Die kommen sicher jemanden hier besuchen.

Ich wandte mich vom Fenster ab, aber im letzten Moment sah ich etwas aus dem Augenwinkel. Die hübsche Frau hielt eine Spritze in der Hand und steckte sie in eine Ampulle, so wie in einer Arztpraxis. Dann holte sie einen Stauschlauch aus Gummi aus der Tasche. Der Schlauch wand sich in ihrer Hand wie eine Schlange. Sie wickelte ihn um den Arm des Mannes, der hinterm Lenkrad saß. Dann machte sie *tipp tipp tipp* an seinem Arm, so, wie wenn man jemanden aufwecken will. Und er hielt seinen Arm einfach starr ausgestreckt, wie einen Zweig. Dann steckte sie ihm die Nadel rein, verfehlte die Vene, und versuchte es noch einmal. Dann senkte sie die Nadel, und ich begriff, dass sie niemanden hier in der Wohnsiedlung besuchen kamen. Sie nahmen einfach nur Drogen.

Die Frau war fertig. Der Kopf des Typen fiel nach hinten, als wäre es ein Betonkopf, den man irgendwo abstellen musste. Nun widmete sich die Frau ihrem eigenen Arm. Stauschlauch drumrum, festgezurrt, sie hatte Arme dünn wie Stöcke, und sie zog am Schlauch und klopfte die Vene heraus und stach die Nadel in ihre Haut und drückte, und dann wurde der Schlauch unter ihren Blicken schlaff. Ich sah, wie der Typ am Hintersitz ihr den Schlauch abnahm. Sie betrachtete ihren Arm, aus dem das Blut tropfte. Sie leckte ihren Daumen ab und wischte damit das Blut ab, bis keines mehr kam. Aber da waren noch rote Schmierflecken, also leckte sie über die Haut auf ihrem Arm, bis alles sauber war, und sie tupfte auf ihrem Arm herum und war zufrieden, denn das Blut war weg.

Ich wandte mich vom Fenster ab und ging nach hinten ins Schlafzimmer. Ich blies meine Luftmatratze auf, bis sie prall war. Ich sah, wie sie sich erhob und füllte und in ein Bett verwandelte. Dann beschloss ich, die verklebte Stelle neu zu verkleben. Ich zupfte an dem losen Ende des Klebebands herum, bis es sich löste. Ich riss das Stück mit den Zähnen ab. Dann drückte ich es über die undichte Stelle und zog und zurrte es fest. Ich ließ die Jalousien herunter und schaute durch das Loch hinaus auf den Parkplatz zu den Leuten im Auto. Sie waren immer noch da, immer noch high. Ich löschte überall das Licht und ging zurück zur Matratze. Ich setzte mich darauf und wusste, es gibt nur eine einzige Lektion im Leben. Heute Nacht würde ich auf Luft einschlafen, aber morgen Früh auf dem harten Fußboden erwachen. Ich fühlte die Luftmatratze unter meinem Hintern und ich hörte, wie die Luft entwich *ssssss*, und aus mir entwich die Luft der gesamten Welt *sss*. Ich dachte an all die grauenhaften Dinge.

Ich dachte an Rainelle und die alten Frauen dort, die wegen ihrer Medikamente verprügelt und dann allein zurückgelassen wurden, mit blauen Augen und angeschwollenen Schädeln. Ich dachte an den Mann, der gestorben war und dessen Haus sie ausgeraubt hatten, während seine Familie ihn beerdigte. Ich dachte an eine von Sarahs Patientinnen, die tagelang im Krankenhaus gewesen war, ohne dass sich ihr Zustand besserte, bis Sarah herausfand, was der Grund war. Die alte Frau hatte nämlich ein paar Fentanyl-Schmerzpflaster in ihrem Hals stecken. An all die grauenhaften Dinge der Welt dachte ich, aber dann fielen mir die Freitagsfamilien bei der Moschee ein.

Ich achtete nicht mehr auf die Luft, die *sss* aus der Matratze entwich, und hatte auch keine Lust mehr, die undichte Stelle zu verkleben. Stattdessen stand ich auf und rannte nach unten. Ich wollte unbedingt etwas zu den Drogensüchtigen im Auto sagen. Ich wollte ihnen irgendetwas Freudvolles zurufen. Meine Füße knarrten auf den Stufen und ich zog meine Schuhe vor der Wohnungstür an. Waren sie noch immer unten im Auto? Ja, waren sie. Ich band mir die Schuhe zu und dann verließ ich die Wohnung und ging einmal um die Wohnanlage herum.

Ich hatte meine Tür offen stehen gelassen, und nun sah ich auf einmal den Klimaanlagen-Mechaniker, er hielt einige Papiere in der Hand und war unterwegs zu meiner Wohnung. Aber ich sagte nichts zu ihm. Ich ging einfach an ihm vorbei. Ich sah die Leute im Auto. Und sie sahen mich. Alle drei starrten mich an. Sie sahen aus, als hätten sie Angst vor mir. Die Frau stieß den Mann hinterm Lenkrad von der Seite an, als wollte sie sagen: »Fahren wir, komm, besser weg hier. Schau dir den Verrückten da an.« Und der Typ fuhr rückwärts aus dem Parkplatz und drückte dann aufs Gas und fuhr davon. Ich rannte ihnen nach und schrie. »Nehmt mich bitte mit! Ich bin so einsam. Ich will auch alte Frauen verprügeln und ihnen die Medikamente wegnehmen!« Ich schrie ihnen nach, ähnlich wie ich jetzt schreie. »Können wir nicht Freunde sein? Bitte?« Dann tat ich so, als wäre ich eine Luftmatratze und machte *Ssssssssssssssssssssssssssssssssss*. Und ich blickte ihnen nach, wie sie in der Ferne verschwanden, und alles, was mir noch zu sagen blieb, war: »Ich akzeptiere euch.«

Vier Jahre davor hatten Sarah und ich geheiratet. Kurz darauf kam der Hund zu uns. Sein Name war Mr King. Er war ein achtzehn Jahre alter Mops, der blind wie ein Stein war und unbedingt ein Zuhause brauchte. »Der sieht total blind aus«, sagte ich, als ich nach Hause kam und ihn auf Sarahs Schoß sitzen sah. »Dem fehlt doch ein Auge.« Ich schaute in die leere Augenhöhle und drinnen war alles schleimig und eitrig und leer. Ich sagte zu Sarah, dass wir den nicht behalten sollten, aber sie sagte, es sei schon in Ordnung. »Ja, das eine Auge wurde ihm vor ein paar Jahren herausgerissen, aber es wird schon gehen«, sagte sie. »Wir behalten ihn trotzdem, weil Mr King nämlich ein ganz braver Junge ist.«

Dann erzählte sie, wie das mit dem Auge gekommen war. Vor einigen Jahren, an Thanksgiving, hatte man ihn in der Gesellschaft einiger anderer Hunde gelassen. Mr King war ein so hübscher Hund, dass die anderen ihn ständig verdroschen, weil sie eifersüchtig waren, und dann rissen sie ihm das Auge raus.

»Fuck«, sagte ich.

»Er ist so ein Hübscher«, sagte Sarah und kraulte ihn, und Mr King öffnete sein Maul und schnaufte *Ugh*. Seine Zähne waren alle kaputt oder fehlten. Oben hatte er diese unwirklichen Barrakudazähne und dann begann er sich zu kratzen, und ich bemerkte, wie sich sein rosa Lippenstiftpenis aufrichtete und pulsierte, wann immer Sarah ihn kraulte. Sarah sagte zu ihm: »Ja, Mr King, du bist ein rattiger kleiner Junge. So ein alter geiler Junge.« Ich wiederholte, wir sollten ihn lieber nicht behalten.

Sarah sagte, das sei schon in Ordnung, und dann sagte sie, er sei bloß ein klein wenig blind. Aber dann stellte sie ihn auf den Boden. Sie sagte, dafür seien Menschen wie sie oder ich auf der Welt: um hilflosen Geschöpfen wie ihm zu helfen. Mr King stellte seine Ohren auf, als würde er lauschen. Dann rannte er, so schnell er konnte, in eine Richtung und knallte kopfvoran in die Wohnzimmerwand. »Ich glaub nicht, dass der bloß ein klein wenig blind ist«, sagte ich. Mr King prallte an der Wand ab wie ein Rammbock und kippte um. Er hockte eine Weile so da, dann stand er auf und reckte wieder den Kopf, als würde er lauschen. Wir konnten nicht anders als lachen. Sarah ging hin und hob Mr King auf und hielt ihn auf ihrem Schoß und kraulte ihn. Ich betrachtete sein noch vorhandenes Auge. Es war blau und überwölkt und sah vollkommen blind aus. Dann gab Sarah endlich zu, dass er tatsächlich überhaupt nichts sehen konnte. Sie sagte, ein Jahr nach der ersten Attacke, wieder an Thanksgiving, hätten ihn dieselben Hunde, die ihm das eine Auge herausgerissen hatten, angefallen und ihm dabei auch das andere Auge zerstört. Ich meinte, das könne aber zum Problem werden, da wir ihm die Blindheit nicht abgewöhnen könnten.

Ich kraulte ihn auch ein wenig, aber bemerkte nun die weißliche Substanz, die aus seinem Penis lief. Ich wich zurück und sagte zu Sarah, da stimmt was nicht mit seinem Pimmel. Sarah schaute sich die Sache an und meinte: »Ja, der Tierarzt hat gesagt, er hat Hodenkrebs. Deshalb riecht er auch so.« Mr King wurde zurück auf den Boden gestellt. Sofort begann er sich zu kratzen. Er kratzte sich rund um den Hals und um die Vorderpfoten. Sarah blickte mich an und sagte, es würde schon alles gut gehen.

Aber es ging gar nichts gut. Am Abend kratzte sich Mr King immer noch. Er kratzte sich rund um den Hals und rund um den Bauch, und ich vermutete, dass er von Flöhen befallen war, aber Sarah sagte, nein, es seien sicher keine Flöhe, denn sie habe ihm ein Anti-Floh-Bad gemacht, nachdem sie ihn nach Hause gebracht hatte. Und so kratzte sich Mr King weiter am Bauch und hinter den Ohren. Ich sagte, dass wir ihm vielleicht noch so ein Bad machen sollten, und Sarah sagte, okay. Ich hob Mr King auf und trug ihn ins Badezimmer. Sarah drehte das Wasser auf.

Während sich die Badewanne füllte, stand Mr King auf dem Boden neben uns und hörte uns zu. Er saß da und kratzte sich die Ohren und ich sagte zu ihm, das haben wir gleich. Sarah mischte Anti-Floh-Shampoo ins Badewasser und es wurde davon ganz schaumig und seifenlaugig. Ich wollte Mr King hochheben, um ihn in die Wanne zu setzen, aber dann trottete er zum Mülleimer, der im Badezimmer stand, hob sein Bein und pisste.

»Er hat grad an den Eimer gepisst«, sagte ich.

Sarah drehte das Wasser ab und sagte: »Hat er nicht.«

»Warum sollte ich so was erfinden?«, fragte ich.

Sarah wandte sich an Mr King und sagte: »Du bist ein böser Junge, Mr King. Wirklich ein böser Junge.« Die Urintropfen rannen am Eimer herunter auf den Boden. Ich riss Klopapier von der Rolle und wischte die Pisse auf und warf das Papier in die Toilette. Sarah hob Mr King auf und setzte ihn in die Badewanne. Ich saß daneben. Sarah wusch ihn am ganzen Körper. Mr King öffnete sein Maul mit dem kaputten Barrakudagebiss und er atmete tief ein und aus, genießend. Er sagte: »Danke danke oh vielen vielen Dank.« Sarah seifte ihn ein, bis er ein riesiger Schaumball war. Sie wusch seinen Bauch und seine Beine und seinen Nacken, und wieder richtete sich sein kleiner rosa Lippenstift auf. Sarah sagte: »Du liebe Zeit, Mr King. So ein geiler kleiner Junge.« Ich war eifersüchtig auf die Art, wie sie mit ihm sprach. Sarah spülte den Schaum aus seinem Fell, dann hob sie ihn heraus und stellte ihn auf den Boden. Ich trocknete ihn mit einem Handtuch ab und da verlor Mr King den Verstand. Er knallte vor Freude gegen das Waschbecken und stieß sich den Kopf an der Toilette. »King, verdammt«, sagte ich und rubbelte ihn trocken. Sarah sagte: »Hoffentlich hat das geholfen.«

Hatte es leider nicht. Als wir am nächsten Morgen erwachten, war King immer noch dabei, sich zu kratzen. Er kratzte sich am Hals und an den Ohren und dann weiter und weiter am Hals. Ich rieb mir den Schlafsand aus den Augen, setzte mich im Bett auf und sah etwas in seinem hellgelben Fell. »Was hat er da?«, sagte Sarah und setzte sich ebenfalls auf. Ich lehnte mich vor und untersuchte seinen Hals. Es war Blut. Ich sagte: »Hör doch auf, Mr King. Hör auf dich zu kratzen. Du verletzt dich.« Ich drückte seine Pfote nach unten, um ihn davon abzuhalten, aber es half nichts, er fing nach einer Weile wieder an. Er kratzte sich die Ohren und den Hals und gab dabei ein sehr hohes Winseln von sich. Sarah stand auf und zog sich an. Sie sagte: »Ich glaube, ich sollte mit ihm zum Tierarzt.« Ich saß am Rand des Bettes und spürte Juckreiz an meinen Beinen. Ich begann mich rund um die Knöchel zu kratzen und Sarah sagte: »Du fängst jetzt nicht auch damit an, oder?« Ich betrachtete meine Beine. Sie waren voller kleiner Beulen. »Fuck«, sagte ich, »ich hab alles voller Flohbisse.« Dann begann auch Sarah damit, sich zu kratzen. Sie hatte ebenfalls rötliche Bisse überall und ich schüttelte nur den Kopf und sagte, wir könnten den Hund nicht behalten. Es sei entsetzlich mit ihm.

Das wiederholte ich auch tags darauf, als ich draußen auf der Straße neben Mr King stand, während er sein Geschäft erledigte. Sarah rief mich aus der Arbeit an und ich drückte auf den grünen Knopf und sie sagte, der Tierarzt habe sie gerade zurückgerufen. Es lag noch überall viel Schnee und King pisste alles voll. Sarah sagte, der Tierarzt habe ihr erklärt, dass King keine Flöhe hatte. Er hatte die Räude. Sie sagte, wir hätten auch keine Flohbisse. Wir müssten nun Antibiotika nehmen, weil wir die menschliche Form der Räude hatten. Das nannte man Krätze. Ich sagte, sie solle Rebecca bitten, King zurück zu ihrem Vater zu bringen. Wir könnten nicht für ihn sorgen. Sarah stimmte mir schließlich zu und sagte: »Ich weiß, ich weiß. Du hast ja recht.«

Ich sagte zu ihr, sie habe ein gütiges Herz, aber so würde das einfach nicht funktionieren. King pisste gerade auf den Pfad, den ich in den Schnee geschaufelt hatte.

Dann legte ich auf und als ich mich nach King umwandte, konnte ich ihn nirgends sehen. Ich ging den frisch geschaufelten Pfad hinunter zum Gehsteig und suchte nach ihm. Dann ging ich zurück zur Haustür, aber da war er auch nicht. Also ging ich wieder den Pfad entlang und entdeckte ihn hinterm Haus. Er kämpfte sich durch eine Schneewehe. Ich ging ihm nach, am Haus entlang, wo der Schnee nicht so tief war. Er lief auf den Hügel hinterm Haus zu und kullerte schließlich von ihm herunter. Er rutschte mit dem Kopf voran nach unten und blieb liegen. Der Schnee wehte und ich trug keine Handschuhe und ich rief: »King! Bleib stehen. Warte, ich komm zu dir, King.« Ich fühlte, wie meine Beine bei jedem Schritt im Schnee einsanken und King hockte am Fuße des Hügels im Schnee und winselte nach mir. »Keine Angst, King«, sagte ich und versuchte, direkt durch den Schnee zu laufen, aber er war tief und bewegte sich und reichte mir stellenweise bis zur Hüfte.

Ich schaffte es bis zu ihm. Ich blickte mich um und da waren die von mir hineingestampften Beinlöcher im Schnee. Ich hob King auf und sagte ihm, alles sei in Ordnung. Er zitterte, aber sein Atem war noch heiß, und ich schluckte versehentlich einen Mundvoll seines heißen Hundeatems und würgte. King sagte: »Danke. Danke, dass du mich gerettet hast.« Ich versuchte, in dem tiefen Schnee rasch vorwärtszukommen, aber er war so tief und der Hügel so steil, dass ich kaum von der Stelle kam. Ich machte einen Schritt, aber danach steckte ich fest. Ich konnte nicht gehen und gleichzeitig King tragen. Ich musste mir etwas überlegen.

»Okay, King«, sagte ich. »Warte kurz. Ich hab eine Idee.«

Ich holte aus und warf ihn dann einige Meter in die Luft hoch. Er landete weich im Schnee und ich konnte ein paar Schritte gehen, mit meinen inzwischen zentnerschweren Baumstumpfbeinen. Dann hob ich ihn erneut hoch und warf ihn ein paar Meter nach vorne und wieder landete er sicher in den Schneewehen. So machten wir es eine halbe Stunde lang, bis wir es den Hügel hoch und zurück auf den von mir geschaufelten Pfad geschafft hatten. Ich trug King auf die Veranda und er drückte sein Gesicht an mich, als wollte er sagen: »Danke, dass du so nett zu mir bist. Es tut mir leid, dass ich so blind bin. Es ist bestimmt anstrengend für dich und ich strenge mich ja an, ein braver Junge zu sein, aber es funktioniert nie, weil ich in totaler Dunkelheit lebe.« Ich machte die Haustür auf und setzte King auf den Boden und er schüttelte sich den Schnee aus dem Fell. Ich streifte mir die Stiefel ab und King blickte mich an und sagte: »Bitte, lasst mich bleiben. Bitte.«

Ich sagte: »Warum willst du hier bei uns bleiben, Mr King?«

Und Mr King antwortete: »Weil ihr nett zu hilflosen Geschöpfen seid.«

Also saß ich mit ihm und wischte den Schnee aus seinem Fell und sagte ihm, er könne natürlich bleiben. Ich rief Sarah bei der Arbeit an und hinterließ ihr eine Nachricht auf der Mobilbox. Ich sagte ihr, wir müssten King behalten. Wir könnten ihn nicht einfach so zurückgeben. Dann setzte ich mich hin und sah ihm dabei zu, wie er gegen die Wände rannte. Er knallte mit dem Kopf gegen die Couch und später sah ich, wie er sich am Sessel stieß. Ich sagte ihm, dass er eine Metapher für mein Leben sei. Ich sagte, er sei so hilflos und blind, und dann sagte ich ihm, dass auch ich ein hilfloses Geschöpf war.

Obwohl manchmal taten wir auch nette Dinge füreinander. Einmal kam Sarah von der Arbeit nach Hause und weinte, weil sie einer alten Frau das Bein gebrochen hatte. Sie sagte, du brauchst dafür bloß eine 90-jährige Frau, die nicht mehr als 45 Kilo wiegt, und die bewegst du dann ein ganz klein wenig. Dann wirst du sehen, was passiert. Wie zerbrechlich alte Menschen sind. Am nächsten Abend kam sie nach Hause und weinte, weil ein Typ sich plötzlich schwallartig in ihren Mund erbrochen hatte, und er war HIV-positiv und nun musste sie einen AIDS-Test machen lassen. Am nächsten Abend kam sie nach Hause und beschwerte sich über einen ekligen Patienten, der ständig vor ihr masturbierte. Sie hatte versucht, ihn vor seiner neuen Freundin in Verlegenheit zu bringen, indem sie den Beutel seines künstlichen Darmausgangs wechselte, aber dem durchgedrehten Masturbator war das vollkommen egal. Seiner neuen Freundin ebenfalls. Ich sagte, alles sei gut, alles würde sich wieder einrenken, und ich beschloss, Sarah aufzuheitern. Ich studierte ihren Stundenplan, der seitlich auf dem Kühlschrank klebte, und zählte die Tage, die sie dieses Wochenende frei hatte. 1, 2, 3.

Es wurde langsam wärmer und der Winter war beinahe zu Ende. Sarah hatte vor einiger Zeit den Strand erwähnt. Also buchte ich, ohne ihr etwas davon zu sagen, ein Hotelzimmer. Im Inneren meines Kopfes sah ich blaues Wasser und ich sah eine glückliche Sarah. Ich fand Restaurants, wo wir essen könnten, und plante Aktivitäten.

Später am selben Abend ging sie ins Badezimmer und schloss die Tür. Ich meinte, sie weinen zu hören. Ich klopfte einmal, dann ein zweites Mal.

Sarah flüsterte: »Scott, ich bin am Klo.« Also ging ich kurz weg, aber kehrte gleich wieder zurück und schob die Hotelreservierungen unter der Tür durch. Nach einer Weile hörte ich Sarah lachen. »Strandurlaub. Oh Gott sei Dank. Ein Tag länger hier in dieser Scheißwohnung und ich hätte mich erhängt.«

Also packten wir unser Zeug für den Strandurlaub zusammen. Ich dachte an Sand, an gegenseitiges Fotografieren. Ich dachte an die Stille am Morgen und die schwimmenden Delfine und die Boote, die sich langsam am Horizont auflösten.

Am Abend vor unserer Reise rief mich Sarah aus der Arbeit an. Bereits an ihrem Hallo konnte ich erkennen, dass etwas nicht stimmte. Sie sagte, sie müsste mir was sagen, und sie hoffte, dass ich nicht wütend werden würde, dann schwieg sie. Ich sagte: Okay, nicht so schlimm, aber ich wollte wissen, warum, und sie sagte, sie könne nicht wegfahren, weil Beckys Vater einen Herzinfarkt gehabt hatte. Sie sagte, Becky müsse bei ihrem Vater bleiben, und niemand sonst könne ihren Dienst übernehmen. Rhani war weggefahren und Mindys Tochter heiratete. Ich sagte, es sei okay, wirklich. Wir könnten es ja ein andermal nachholen. Wir würden einfach die Hotelreservierung stornieren und alles wäre in Ordnung.

Aber leider war nicht alles in Ordnung. Spätabends kam Sarah nach Hause und ich merkte, dass sie traurig war. Sie erzählte, sie hätte eine Leiche in die Pathologie bringen müssen. Es war die kleine alte Frau, die immer so lieb gewesen war. Nachdem sie gestorben war, ging Sarah zu ihr ins Zimmer und lackierte ihr die Fingernägel, da die Frau es immer so genossen hatte, wenn man sich um ihre Finger- oder Zehennägel kümmerte. Aber Sarah hatte zu wenig Zeit für die Zehen gehabt. Sie erwähnte das gegenüber dem Bestatter, der sie abholen kam, und der sagte, oh, das spiele keine Rolle, da die Füße nach dem Tod meist so extrem anschwellen, dass man ohnehin die Zehen abschneiden müsse, damit sie in die für die Beerdigungsfeier vorgesehenen Schuhe passten. Dann lachte der Bestatter und Sarah wusste nicht, ob er es ernst meinte oder nicht. Sie hoffte, nicht.

Ich sagte, sie solle nicht mehr daran denken. Alles würde in Ordnung kommen. Aber Sarah sagte, egal, wie sehr man sich anstrenge, gut zu handeln, am Ende würde immer nur alles danebengehen. Am nächsten Morgen wachte sie bereits deprimiert auf und ging arbeiten, wie jeden Tag. Ich sagte ihr, wir würden im Sommer ans Meer fahren und alles würde schön werden. Dann fuhr sie in die Arbeit.

Als sie weg war, fuhr ich zu Walmart. Es hatte ein wenig zu schneien begonnen, während die Sonne immer noch schien. Bei Walmart war bereits alles voller Frühling. Ich nahm einen Einkaufswagen und fuhr damit herum und kam in die Abteilung mit Swimmingpools und kaufte dort ein. Ich suchte mir ein aufblasbares Pferd aus, das man um die Hüften tragen konnte, sodass man nicht unterging, und legte es in den Einkaufswagen. Dann noch ein aufblasbares Huhn, das man um die Oberarme tragen konnte, und legte es zum Pferd. Ich kaufte einen Schnorchel und ein Paar Flipflops und dann legte ich noch ein riesiges Plastikbecken obendrauf. Ich wusste, dass das fürs Erste genug war, aber trotzdem ging ich noch zu Lowes und kaufte Säcke voller Sand. Meine Arme wurden mir schwer, als ich die Säcke der Reihe nach hochhob und in den Einkaufswagen legte.

Ich fuhr nach Hause. Das Plastikbecken hatte ich auf dem Autodach festgezurrt. Ich zerrte es ins Innere des Hauses. Ich blickte auf die Uhr. Sarah würde bald nach Hause kommen, mir blieb nicht mehr viel Zeit. Also holte ich all die anderen Einkäufe ins Haus. Ich stellte das Plastikplanschbecken mitten im Wohnzimmer auf und riss die Sandsäcke auf und füllte das ganze Becken knöcheltief mit Sand. Ich knüllte die leeren Säcke zusammen und stopfte sie in den Müll. Ich zog die Flipflops an und blies das Pferd auf *fuuuuuu* und dann die kleinen Dinger für die Oberarme *fuuuuuuuuuuu*. Dann blies ich den Strandball auf. Ich blies *fuuuuu* und sah, wie alles anschwoll und wuchs, und dann saß ich da und wartete.

Am Abend kam Sarah nach Hause und ich war bereit. Ich hatte mir eine Sonnenbrille aufgesetzt. Die Tür ging langsam auf und zuerst sah sie mich gar nicht, aber dann blickte sie auf. Da war: ein Swimmingpool, da waren der Sand und ein bunter Ball, da war der Strand.

Sie sah mich in Badehose und schwarzen Socken. Und begann zu lachen. Ich meinte, hoffentlich gefalle ihr der Strand, und ich nahm ihre Hand und sagte: »Zieh deine Schuhe aus, aber pass auf, der Sand ist sehr heiß heute.« Sarah lachte immer noch. Sie zog ihre Sportschuhe aus, dann streifte sie sich mit den Zehen die Socken ab. Dann stieg sie ins Becken und stand im Sand und ich holte einen Eimer und wir bauten eine Sandburg. Wir küssten uns und schauten aus dem Fenster. Der seltsame Frühlingsschnee wehte draußen in Fetzen vorbei und ich sagte: »So tun als ob.« Und dann sahen wir, wie die ganze Welt einmal mehr so tat als ob.

Aber dann, ein paar Monate später, kam Sarah von der Arbeit nach Hause und erzählte mir die großartigste Geschichte aller Zeiten. Sie sagte, sie würde ein Kind kriegen.

Ich hätte nicht gedacht, dass ich noch tiefer sinken konnte, aber ich tat es. Am Tag nach der Unterzeichnung der Scheidungspapiere verkaufte ich meinen Ehering, damit mein Freund Chris und ich in das Striplokal *Lady Godiva's* gehen konnten. Ich ging mit Chris zu *Cash 4 Gold* und der Typ dort schaute sich meinen Ehering genau an und sagte: »Ich geb Ihnen 250 Dollar dafür.«

»Verkauft«, sagte ich. Ich blickte zu Chris und dann blickte ich den Typen an und bat um zwanzig Dollar in 1-Dollar-Scheinen. Aber dann sagte Chris plötzlich, er wolle doch nicht. »Was heißt das, du willst nicht?«, fragte ich.

Chris sagte: »Na ja, das letzte Mal, als wir da waren, war nicht so schön für mich.« Allerdings war Chris dieses letzte Mal direkt aus der Notaufnahme gekommen, weil er kurz davor herausgefunden hatte, dass seine Frau von einem anderen Mann schwanger war, und deshalb gedroht hatte, sich umzubringen. Um ihn aufzuheitern, hatten wir beschlossen, mit ihm ins *Lady Godiva's* zu gehen, aber dann hatte eine der Tänzerinnen Hämorrhoiden und das versetzte Chris in eine suizidale Denkspirale, aus der er sich nie mehr ganz befreien konnte.

Ich sagte, dieses Mal werde sicher besser. Es würde lustig werden.

Dann fügte ich hinzu, abgesehen davon sollte er es mir zuliebe machen. Ich hatte es satt, zu unterrichten und Aufsätze zu korrigieren. Ich erzählte ihm, dass ich einen meiner Studenten in den Lokalnachrichten im Fernsehen gesehen hatte, *Crime Stoppers* nannte sich die Sendung, und der Student hatte bei einem Walmart irgendwas gestohlen. Andere meiner Studenten schliefen einfach während des Unterrichts. Die ganze Welt langweilte sie und sie langweilten mich. Selbst meine ENGLISH-206-Klasse ging mir auf die Nerven. Ich sagte zu Chris, die Studenten seien nur noch daran interessiert, herauszufinden, ob eine Figur in einer Geschichte ein guter Mensch war oder nicht, oder ob der Autor ein guter Mensch war oder nicht. Als gäbe es so was in echt.

Chris parkte vor dem Stripclub und alles glühte von den Lichtern an der Vorderseite des Gebäudes und vom Neonschild. Kies knirschte unter den Reifen. Über dem Parkplatz hing ein Schild: LADY GODIVA'S. Das war unser Ziel. Ich fragte Chris, ob er seinen Ausweis dabeihatte, und er sagte Ja.

Wir stiegen aus und ich suchte meinen Ausweis raus und Chris hatte seinen schon in der Hand. Man konnte von hier bereits das *Boom Boom Boom* aus dem Inneren des Gebäudes hören, die Wände vibrierten und ich hatte das Gefühl, ebenfalls zu vibrieren. Wir gingen näher ran und versuchten den Namen des Liedes zu erraten, das drinnen gespielt wurde. Wir rätselten eine Weile herum und dann stolperten uns ein paar Typen entgegen, die wie Arbeiter aus dem Kohlebergwerk aussahen. Sie machten einen sirrenden, summenden Eindruck und hatten Gesichter, die sagten: »Schau nicht so blöd, sonst tret ich dir ein neues Arschloch direkt in die Stirn rein, Junge.« Ich hatte keine Lust darauf, ein neues Arschloch in die Stirn getreten zu bekommen, also blickte ich an ihnen vorbei und hoffte, dass Chris dasselbe tun würde. Wir gingen ein paar Treppenstufen hinauf, öffneten die Eingangstür und betraten einen winzigen, etwa schrankgroßen Raum, in dem es nur ein Schalterfenster und eine große Tür gab. Das Loch unterhalb des Schalters öffnete sich und wir konnten hineinblicken. Eine gedämpfte Stimme meldete sich und wir überreichten unsere Ausweise und dann standen wir da und warteten. Neben dem Fenster hing ein Hinweisschild: SCHUSSWAFFEN VERBOTEN.

Der Typ hinterm Glas reichte uns unsere Ausweise zurück, als wären es Puzzleteile. Dann summte die Tür und entriegelte sich und wir konnten sie aufdrücken und dann platzte ringsum der Raum auf. Da war Musik und da waren Zigaretten, und der Rauch aus den Zigaretten hing in der Luft. Und da waren junge Frauen mit blondgefärbten Haaren, in Bikinis und High Heels. Es gab auch dunkelhaarige Frauen und es gab üppige und auch solche, die total stoned waren, und alle waren sie wunderschön. Und da war die Bar und eine Reihe Menschen saß davor und hatte Getränke und Bierflaschen vor sich stehen und da waren nackte Tänzerinnen – eine davon wirbelte auf der Bühne um eine Stange, immer um die Stange, und dann verkehrt herum, und dann auf den Knien, und man steckte ihr Geldscheine zu. An der Bar saßen fette Männer und dünne Männer, alle möglichen Arten von Männern. Alle möglichen Arten von Herzen schlugen hier in diesem Raum. Wir waren die geheime Menschheit. Wir waren Söhne und Töchter und Mütter und Freunde, und niemand hatte über uns zu urteilen und niemand kannte uns, denn heute Nacht waren wir zusammen. Heute Nacht waren wir lebendig. Ganz hinten sah ich das Spiegelbild einer Tänzerin, die sich auf dem Schoß eines fetten Typen wand. Andere Tänzerinnen standen an der Bar oder saßen an der Bar auf den hohen Hockern und der Anblick war herrlich. Chris und ich setzten uns neben einen Typen, der wie ein Trucker aussah, und bestellten zwei Bier, und dann kam eine Tänzerin zu uns und sagte irgendwas zu Chris.

Ich drehte mich auf dem Hocker um und schaute zur Bühne. Dort erschien eine neue Frau und wirbelte um die Stange und dann schritt sie schnurgerade dahin und fiel auf alle Viere wie ein Panther. Dann warf sie ein Bein hoch und reckte uns ihren Arsch entgegen. Sie haute sich selbst auf den Hintern und das ergab so winzige schwabbelnde Wellen in der Haut und dann blickte sie mich an und ich blickte zurück.

Nun war ihre Darbietung zu Ende und eine neue Frau erschien und etwas in mir implodierte. Ich erkannte die Frau. Oder zumindest sah sie vertraut aus. Sie ähnelte einer meiner Studentinnen. Also drehte ich mich auf dem Hocker zurück zur Bar und hoffte, dass sie mich nicht entdeckte, aber nun sah ich ihr Bild in dem großen Spiegel oberhalb der Bar. Sie hatte irgendwelche Tattoos im Nacken und auch auf ihren Schulterblättern waren Tattoos, Leopardenflecken oder Engelsflügel. Ich lehnte mich zu Chris und fragte ihn, ob er gehen wolle, aber er sagte, wir seien doch gerade erst gekommen, und er blickte mich an, als wäre ich ein Vollidiot. Ich spielte mit dem Gedanken, nach draußen zu gehen und im Wagen zu warten, aber ich wusste, dass Chris bestimmt länger hierbleiben würde.

Ich wollte gerade aufstehen und hinausgehen, da hörte ich neben mir eine Stimme: »Hey, Mr McClanahan. Was machen Sie denn hier?« Ich blickte mich um und da stand Tiffany. Sie sah nicht so aus, wie sie im Unterricht aussah. Ihr Haar war mächtig aufgebauscht und ihre Augen stark geschminkt, und da setzte sie sich neben mich und in ihren Händen hielt sie eine Packung Zigaretten und eine winzige glitzernde Handtasche. Ich nahm einen Schluck aus meiner Bierflasche und sie lächelte und sagte: »Sie sollten mich auf ein Getränk einladen, Mr McClanahan.« Ich tat ihr den Gefallen. Dann lachten wir beide und sie sagte: »Okay, bisschen peinlich.« Und wir begannen uns über unser geheimes Leben zu unterhalten. Wir stellten fest, dass die wahre Natur der Welt immer vor uns verborgen bleibt. Wir blickten uns im Spiegel an und hinter uns wirbelte die Tänzerin auf der Bühne, und dann fragte ich Tiffany, wie lange sie schon hier arbeitete und wie ihr Künstlername lautete. Sie warf mir einen gespielt erotischen Blick zu und schüttelte roboterhaft ihren Kopf. Ihr dunkles Haar floss über ihre Schulter, als sie sich zu mir lehnte und sagte: »Misty Lee.« Wir lachten beide und sie schnippte ihre

Zigarette und die Asche glühte hellrot. Sie sagte, sie arbeite hier seit drei Jahren. Das Geld helfe ihr bei der Pflege ihrer kranken Großmutter. Sie liebe es zu tanzen. Sie sagte: »Ich hab nur noch meine Omama. Sie hat mich aufgezogen, seit ich ein kleines Baby war. Und sie hat auch nur mich.« Dann lächelte sie und sagte: »Tut mir leid, dass ich Ihren Kurs geschmissen habe, letztes Semester. Es war ein ziemlich stressiges Jahr für mich.« Ich sagte, das sei schon okay, kein Problem. Ich hatte immer noch vor, den Club zu verlassen.

Tiffany sagte: »Das klingt jetzt vielleicht blöd, aber die Sachen, die Sie uns zu lesen gegeben haben, waren einfach so langweilig.« Ich lachte, weil das das einzige Feedback war, das mir je eingeleuchtet hatte. Das war das einzige wirkliche Verbrechen: Menschen zu langweilen. Tiffany legte mir eine Hand aufs Knie. Ich bat sie nicht, das zu lassen, und ich sagte auch nichts über die Natur moralischer Dilemmata. Ich erzählte ihr nicht, dass mein Leben gerade in Stücke zerfiel. Ich erzählte nichts von der Scheidung. Ich sagte auch nichts über meine Sorge, Sarah könnte einen neuen Freund gefunden und ich alles im Leben für immer verloren haben. Ich sagte nicht, dass ich hoffte, ihre Großmutter würde wieder gesund werden. Stattdessen zupfte ich am Etikett der Bierflasche herum, und dann lehnte sich Tiffany ganz nahe zu mir und sagte: »Also, Mr McClanahan, ich hätte da eine Frage.«

»Ja?«

»Wollen Sie meine Muschi sehen?«

Natürlich hätte ich Nein antworten sollen. Aufstehen und gehen, sofort. Aber ich sagte nicht Nein und ich stand auch nicht auf. Ich lächelte und nickte. Tiffany begann zu grinsen und ich grinste mit und dann nahm sie mich an der Hand und zog mich in einen separaten Raum, in dem überall Spiegel hingen. Ich saß mit gespreizten Beinen da und sie wanderte um diese herum und machte Schritte wie eine Spinne. Ich dachte an die geheimen Welten und die geheimen Leben und die Lügen unserer Seelen. Und zum ersten Mal seit langer Zeit gingen mir ausschließlich aufrichtige Gedanken im Kopf herum. Ich dachte: Ich trage Kleidung, die eine Person aus der dritten Welt hergestellt hat. Und diese Person war mir egal. Ich aß Fast Food und kaufte in Geschäften, die konservative Werte förderten, und es war mir egal. Ich kaufte in Geschäften, die gegen Gewerkschaften kämpften, und ich hinterfragte die Tatsache, dass meine Stiefel bloß 150 statt 400 Dollar kosteten, in keinem Augenblick. Ich drückte auf Lichtschalter und machte mir keine Gedanken, woher der Strom kam. Ich zahlte jedes Jahr meine Steuern an ein Land, das Bomben herstellte, um damit Leute zu zerfetzen, und ich dachte schreckliche Dinge über Männer und Frauen und sogar über Kinder. Ich war ein schrecklicher Mensch. Dann lächelte ich und flüsterte einer Welt aus imaginären Menschen zu: »Und wisst ihr was? Ihr seid auch schrecklich.«

Ein paar Wochen nachdem wir die Scheidungspapiere unterschrieben hatten, begann ich an Schlaflosigkeit zu leiden. Ich trank ein ganzes Sixpack, aber das half nicht. Ich drehte und rollte mich auf der kühlen Couch hin und her, bis die Couch heiß wurde und ich zu schwitzen und zu zittern begann. Ich versuchte, auf meinem Bauch oder auf der Seite zu liegen, aber ich schlief immer noch nicht ein. Ich versuchte es auf dem Bauch, dann wieder auf der Seite und schließlich auf dem Rücken, aber dann begann ich zu denken: »Du musst ins Haus, Scott. Du musst zu Sarah, in ihr Haus.« Also stand ich auf und zog mich an und versuchte, meine Schlüssel zu finden, und fand sie.

Im Auto hielt ich ständig Ausschau nach Polizisten, aber ich sah keine. Ich fuhr den Hügel zum Haus hinauf, hier hatte ich gewohnt, aber dann daran vorbei und zum Parkplatz einer Wohnanlage ein paar Straßen weiter. Ich blickte mich um und lief über die Straße und ging dann nach hinten in den Wald, sodass ich mich unbemerkt anschleichen konnte. Der Mond war zu sehen, er verlieh allen Dingen ihre Schatten. Immer wieder blickte ich hoch zu den Fenstern der Häuser. Ich hatte Angst, dass eine der alten Frauen, die hier in der Straße wohnten, mich durch ihren Garten gehen sehen und für einen Dieb halten und die Polizei verständigen würde. »Scheiß Polizei«, sagte ich.

Ich schlich mich näher an das Haus heran und sah, wie es in der Dunkelheit glühte. Das gelbliche Licht kam aus dem Erdgeschoss und es kam auch aus den Fenstern und von der Hinterseite mit den geschlossenen Türen, und der ganze Garten lag erleuchtet da. Ich ging auf das Licht zu und da sah ich ihn. In unserem Garten parkte ein bräunlicher BMW mit einer Nummerntafel, auf der *WVU School of Medicine* stand. Hinten auf dem Auto klebte eines dieser Wunschkennzeichen – BABYDOC1. Es war Dr. Jones' Auto. Sollte ich sein Auto mit dem Schlüssel zerkratzen? Aber dann ging ich einfach aufs Haus zu.

Ich ging zur Hintertür und achtete darauf, so zu stehen, dass mich die Schwärze der Nacht umhüllen konnte. Ich schaute ins Haus. Zwei Personen waren da. Die eine war Jones, die andere Sarah. Sie hatten hohe Gläser in der Hand, tranken daraus und unterhielten sich. Sie sprachen darüber, wie seltsam es sei, dass Leute einander begegnen, und wie seltsam, dass wir gerade auf diese Weise zueinander gefunden haben. Ich war kurz davor, ihnen zuzubrüllen, dass doch alles Zufall war, blinder Zufall, und dass wir doch nur zerbrochene Spiegel für den jeweils anderen darstellen, aber ich tat es nicht. Ich tat es nicht, weil ich etwas bemerkt hatte. Es war etwas, das ich in Sarahs Augen seit vielen Jahren nicht gesehen hatte, oder vielleicht überhaupt noch nie. Sie sah vollkommen verändert aus.

Sie sah glücklich aus.

Wobei, in Wahrheit hatte ich gar nicht vorgehabt, Jones' Auto mit dem Schlüssel zu zerkratzen. Ich war betrunken und wollte gar keine Konfrontation und sah Sarah nicht einmal. Ich lief einfach zurück zu meinem Auto, nachdem ich Jones' Auto entdeckt hatte, und fuhr nach Hause. Die ganze Zeit sagte ich: »Du bist gleich zu Hause. Du bist gleich zu Hause.« Als ich in meiner Wohnung war, rief ich Sarah an. Es läutete und läutete und dann kam die Mobilbox. Ich legte auf und wählte die Festnetznummer. Es läutete und niemand ging ran. Ich legte auf und versuchte es noch einmal. Endlich hob Sarah ab. »Lügnerin«, sagte ich zu ihr. Sie nannte mich ein egoistisches Arschloch. Ich nannte sie Betrügerin und sie nannte mich Wichser. Ich nannte sie Schlampe und sie sagte, ich müsste wohl mein übliches Männer-PMS haben. Sie sagte, ich sei ein entsetzlicher Mensch, und es war die Wahrheit. Sie wiederholte: »Männer-PMS. Männer-PMS.« Da mir darauf nichts einfiel, musste ich improvisieren. Schließlich kam ich auf: »Das erzähl ich deiner Mutter.« Eine Weile war es still und dann begann Sarah zu lachen. Sie lachte und lachte und sagte: »Was Besseres fällt dir nicht ein, Scott? Ich bin 37.« Jetzt lachte ich auch und wir lachten gemeinsam, aber dann wurde ich wieder wütend und sagte, sie hätte mich betrogen. Sie sagte, wir seien geschieden. Außerdem wisse sie, dass ich viel Schlimmeres getan hätte, meine ganzen Kontakte online und so weiter. Und ich sei die ganze Zeit besoffen gewesen. Ich sei der Betrüger. Dann nannte sie mich wieder Arschloch. Und ich nannte sie eine Hure und sie nannte mich ein elendes Stück Scheiße.

Dann hatte sie genug und sagte: »Ja, ich bin eine Hure. Ich habe jetzt gerade einen Schwanz in meiner Hand und einen im Mund und einen im Arsch und dann sogar noch einen in meiner Achselhöhle, damit ihm nicht kalt wird. Ich lutsche eine Million Schwänze, Scott. Eine Million. Sogar jetzt, mitten in unserem Streit, hab ich einen im Mund.« Ich sagte: »Ich hasse dich« und sie sagte: »Ich hasse dich.« Ich legte auf. Nun musste ich an eine Million Schwänze denken. Ich dachte an die Million Schwänze in meinem Kopf.

Kurz vor dem offiziellen Scheidungsdatum mussten Sarah und ich den in West Virginia staatlich vorgeschriebenen Kindererziehungskurs besuchen. Als wir hingingen, sprachen wir nicht einmal über den Streit, den wir am Abend zuvor gehabt hatten. Sarah saß einfach in der Mitte des Raumes, füllte Kreuzworträtsel aus und kümmerte sich nicht um die Tatsache, dass der Kurs eine einzige große Zeitverschwendung war. Ich aber hatte kein Kreuzworträtsel dabei und ärgerte mich. Alles, was ich bei mir hatte, war dieses alte Foto, auf dem ich auf dem Schoß eines Osterhasen sitze. Ich hatte es vor sehr langer Zeit für Sarah gemacht, als Scherz. Damals hatte das Bild zu einem Streit geführt, weil ich es bei ihrer Arbeit auf ihr Auto gelegt hatte. Sie fand es unheimlich. Ich sagte: »Unheimlich. Ein Erwachsener, der auf dem Schoß des Osterhasen sitzt. Das ist doch witzig. Was zum Teufel hast du gegen den Osterhasen?«

Nun, im Kindererziehungskurs, hielt ich Sarah stumm das Foto hin und sie rollte mit den Augen und sagte: »Immer noch unheimlich«, und dann fragte sie, warum ich es dabeihatte. Dann lachten wir beide und ich packte das Foto wieder weg und konzentrierte mich darauf, nicht den Verstand zu verlieren. »Ich will hier raus«, sagte ich. Sarah sagte, ich solle still sein. Wir müssten hier sein. Der Kurs sei verpflichtend und bald würde er vorbei sein. Also blieb ich ruhig und hörte dem Typen zu, wie er saudumme Geschichten erzählte und saudumme Witze riss. »Sie denken bestimmt, dass Ihr Leben vorbei ist, aber ich kann Ihnen versichern: Das stimmt nicht«, sagte er. »Ich bin sicher, Sie können an gar nichts anderes denken, als dass Sie Ihren baldigen Ex-Partner gern umbringen möchten, aber auch das wird sich mit der Zeit ändern.« Der Witz funktionierte und die Leute im Kurs lachten. Also machte der Typ genauso weiter: »Bald wird Ihr Ex-Partner oder Ihre Ex-Partnerin nur noch so was wie ein leises Störsignal in Ihrem Leben sein und all diese Gedanken werden nicht mehr auftreten.« Er machte eine Pause. »Wobei, okay, Sie werden sich immer noch vorstellen, ihm oder ihr ein Bein zu stellen und dann zu lachen, wenn er oder sie hinfällt.«

Sarah blickte von ihrem Kreuzworträtsel auf und lachte über den dummen Witz. Dann lachte auch der Rest der Klasse. Ich blickte mich im Raum um und fand, dass die Leute hier ein perfekter Beweis dafür waren, warum Demokratie nicht funktionierte. »Meine Güte. Genau solche Leute sind der Grund dafür, warum ich ein Befürworter von Abtreibungen und Pandemien bin«, murmelte ich. Sarah sagte, ich solle still sein, und grinste.

Dann zeigte eine Frau vor uns auf. Sie war eine Kollegin von Sarah aus dem Krankenhaus. Sie wollte wissen, wie lange die Scheidung des Kursleiters her sei. Der Mann sagte zuerst nichts und kümmerte sich um das Video, das wir gleich anschauen würden. Dann sagte er: »Ach, das tut mir leid, ich hatte nie eine Scheidung. Ich folge einfach dem Skript, das sie uns hier geben.« Die Leute im Kursraum wurden ernst. Ich sah, wie sich ringsum Köpfe senkten. Der Kursleiter beugte sich nieder und drückte auf Play. In dem Film ging es um diverse Statistiken, die illustrierten, was man nach einer Scheidung alles lieber nicht mit seinen Kindern machen sollte. Für Beziehungen, die während Scheidungsverhandlungen eingegangen wurden, bestehe eine 90-prozentige

Misserfolgsquote. Dem folgten einige hilfreiche Hinweise darüber, dass man einem Baby keine kohlensäurehaltigen Getränke zu trinken geben dürfe. Der Fachausdruck dafür lautete »Mountain-Dew-Gebiss«. Es führte zu Zahnzerfall. Man erinnerte uns daran, dass wir unseren Kindern außerdem keine Drogen geben sollten, und dann sah man eine Frau, die berichtete, wie ihr Ex-Mann ihrem Baby Bier in einer Flasche verabreichte und was sie dagegen unternommen hatte.

Ich flüsterte Sarah zu: »Ich will mit einem Baby abfeiern.«

»Schsch«, machte Sarah und füllte weiter Kreuzworträtsel aus.

Ich versuchte mich wieder auf das Video zu konzentrieren, aber es langweilte mich zu sehr. Also beschloss ich, Sarah dazu zu bringen, ihre Meinung zu ändern. Dann würden wir auch nicht in dem Kurs bleiben müssen. Ich sagte zu ihr, niemand würde sie je so sehen, wie ich sie gesehen hatte, und niemand würde sie je so lieben wie ich. Ich sagte ihr, sie würde sich bestimmt drei oder vier Mal in ihrem Leben von mir scheiden lassen, bevor es wirklich vorbei war. Die Leute, die rund um uns saßen, begannen zuzuhören und sie lachten über meine Worte. Dann bemerkte ich den Gerichtsdiener, der in der Ecke saß. Er blickte zu mir. Ich duckte mich ein wenig und sagte: »Ich glaub, der Gerichtsdiener schaut mich an.«

Sarah machte: »Schsch.«

Als ich mich nach einer Weile aufrichtete, blickte er mich immer noch an. Er musste uns zugehört haben. Aber ich redete weiter auf Sarah ein. Sie musste ihre Meinung ändern. Doch sie blieb stur und der Gerichtsdiener schaute weiter zu uns herüber.

Dann stand er auf. Er kam auf uns zu. Ich sagte: »Ah, scheiße« und blickte zu Boden, als wollte ich mich verstecken. Ich konnte immer noch den Rest der Kursteilnehmer sehen, die alle dem Film folgten. Ich linste zu Sarah und sah, dass sie ihren Kopf erhoben hatte und lächelte. Ich sah die Beine des Gerichtsdieners, er schritt in unsere Richtung, und ich hörte seine Schuhe *tap tap tap*. Er stellte sich vor uns auf und legte eine Hand auf seinen Pistolenhalfter. Er beugte sich zu Sarah und fragte: »Mam, belästigt Sie dieser Mann da?«

Sarah schob ihr Kreuzworträtsel beiseite und sagte: »Allerdings, das tut er. Seit ich 24 bin. Also kommt Ihre Frage 15 Jahre zu spät.«

Ich saß aufrecht da und die beiden lächelten und dann fragte er: »Möchten Sie, dass ich ihn entferne?« Sarah blickte mich an, dann den Gerichtsdiener, dann wieder mich, dann den Gerichtsdiener, und sagte schließlich: »Oh, ja. Das wäre sehr schön.«

Der Gerichtsdiener bedeutete mir aufzustehen. Ich tat es. Er winkte mich in Richtung einer Sitzbank, die neben den anderen Kursteilnehmern stand. »Da drüben«, sagte er. Ich tat, wie befohlen, und die anderen Leute starrten mich an und tuschelten miteinander. »Was war da? Was hat er gemacht?« Ich blickte zu Sarah. Sie kümmerte sich um ihr Kreuzworträtsel, als wäre nichts passiert. Dann schaute sie herüber und streckte mir die Zunge heraus. Und lächelte. Ich legte meinen Kopf in die Hände und dachte darüber nach, wie wir uns damals immer gegenseitig zum Lachen gebracht hatten. Ich dachte an die Geburt unserer Kinder. Ich dachte an das eine Mal, wo ich nachts schlafgewandelt war und mich ins Bett ihres Vaters verirrt hatte. Am nächsten Morgen lachte sie und sagte, sie hoffe, ihr Dad würde ihr nicht den Ehemann ausspannen. Ich dachte daran, wie wir immer gelacht hatten, und dann nahm ich das Osterhasenbild wieder aus der Tasche und studierte es. Ich dachte daran, wie ich Sarah ins Krankenhaus begleitet hatte, als sie sich die Gallenblase entfernen ließ. Und die Schwester hatte, beim Aufnahmegespräch in den Unterlagen blätternd, gesagt: »Also Sie sind bei Ihrem Ehemann mitversichert, ja?«

Ich hatte Sarah angestarrt und gesagt: »Warte! Du hast mir nie gesagt, dass du verheiratet bist!«

Die Schwester blickte entsetzt und Sarah blickte entsetzt und ich ebenfalls, aber dann lächelte Sarah und ich lächelte und schließlich auch die Schwester und alles war gut. Lauter solche Dinge gingen mir im Kopf herum, während ich zu Boden blickte. Sarah schrieb mir eine SMS: »Tut mir leid, dass er dich entfernt hat. Ich dachte, er versteht, dass es ein Witz ist.« Ich schrieb zurück, schon okay, und dann schaute ich mir den Rest des Videos an, in dem uns geraten wurde, nicht vor den Kindern zu streiten und sie überdies nicht als Waffen in unserem Privatkrieg zu missbrauchen. Ich hörte dem Video zu, wie es mir darlegte, dass wir trotz allem immer noch eine Familie waren, aber eben eine andere Art von Familie. Das Video sagte, dass wir uns immer noch lieben würden, aber auf eine andere Art. Ich dachte daran, wie ich für Iris und Sam immer Schlaflieder gesungen hatte, und ich rief mir die Schlaflieder ins Gedächtnis. Ich lauschte dem Video und hob nur hin und wieder meinen Blick, um zu Sarah hinüberzublicken. Sie wirkte recht entspannt. Sie arbeitete immer noch an ihren Kreuzworträtseln.

Das Video lief dahin und dann war es zu Ende. Der Kursleiter teilte eine Anwesenheitsliste aus. Sarah unterschrieb auf der Liste und reichte sie an die nächste Person weiter. Der Kursleiter kam zu mir. »Hey, Störenfried.« Ich schrieb meinen Namen in die Liste, dann meine Sozialversicherungsnummer und meine Adresse. So sahen die Tatsachen meines Lebens aus, aber aus ihnen ließ sich nichts ablesen. Ich wusste, dass sich ohnehin kein Mensch für irgendwas interessierte. Als ich aus dem Raum ging, wartete Sarah auf mich. Sie blickte freundlich und sagte, es tue ihr leid, und dass sie echt nicht gedacht hätte, dass der Gerichtsdiener mich woanders hinsetzen würde, und ich sagte, schon okay. Dann gingen wir nebeneinander her.

Sarah fragte: »Hättest du gedacht, dass du je in einem Kurs sitzen würdest, wo dir wer erklärt, wie du deine Kinder erziehen sollst?« Ich lächelte und schüttelte den Kopf und dann lächelte Sarah und schüttelte ihren Kopf. Wir gingen zusammen die Treppen hinunter und verließen das Gerichtsgebäude. Ich fragte, ob sie sich an meine alten Liebesbriefe erinnerte, in denen ich ihr geschrieben hatte, sie sei der Staub auf einem Schmetterlingsflügel. Sarah sagte: »Es gibt nur eine Sache, die schlimmer ist als ein Liebesbrief mit dem Wort Schmetterling drin, und das ist ein Schmetterlingstattoo. Liebesbriefschmetterlinge und Tattooschmetterlinge sollte man um jeden Preis vermeiden.«

Ich fragte, ob sie sich an die Sprache erinnerte, die ich in den alten Liebesbriefen für sie erfunden hatte. Wir hatten sie *Sarahsprache* genannt und eines Tages würden meine letzten Worte aus dieser Sprache kommen: lipsidipium. Sarah wandte ein, dass das niemand verstehen würde. Und ich sagte: »Ja. Es wäre genau wie unsere Zeit auf der Erde. Genau wie der Liebesbrief von diesem Mönch.«

Wir lachten. Sarah wirkte, als mache ihr das alles überhaupt nichts aus. Ich fragte, ob sie mit dem Kreuzworträtsel fertig geworden sei, und sie sagte: »Fehlt nicht mehr viel.« Dann standen wir einen Moment lang nebeneinander auf dem Gehsteig. Wir umarmten uns und sagten Auf Wiedersehen. Sie ging zu ihrem Auto und ich zu meinem. Ich sagte mir: Es macht ihr überhaupt nichts aus.

Ich stieg ins Auto und fuhr los, über die Rampe der Parkgarage und hinaus auf die Straße. Ich fuhr einmal ganz um das Gerichtsgebäude herum und dann ein zweites Mal. Ich wusste, dass jetzt, nachdem wir die Papiere unterzeichnet und den Kurs besucht hatten, das offizielle Scheidungsdatum folgen würde. Das war das Ende. Und es machte ihr nichts aus.

Ich hörte mir CDs an und kurbelte das Seitenfenster herunter. Ich fuhr auf die rote Ampel zu und hielt. Ich schaute mir das Gerichtsgebäude an und dann die Straße. Ich schaute mir die rote Ampel an. Dann den Parkplatz. Auf dem Parkplatz entdeckte ich etwas. Sarahs schwarzen Honda CRV. Sie saß drinnen. Sie hatte beide Hände vors Gesicht geschlagen. Sie saß in ihrem Auto und weinte. Sie wischte sich die Tränen mit einem zerknüllten Taschentuch aus dem Gesicht und sie versuchte, sich zu beruhigen, aber sie schluchzte weiter. Sie war nicht aus Stein. Sie war ein Mensch, den ich viele Jahre lang geliebt hatte, und nun war sie fort. Auch ich war fort.

Deswegen möchte ich nun an dieser Stelle des Buches ein Kreuzworträtsel einfügen. Sarah hätte das gefallen. Aber dieses Kreuzworträtsel ist ein bisschen anders. Es ist das schwierigste Kreuzworträtsel der Welt. Du kannst gern versuchen, es zu lösen.

6 Buchstaben waagrecht: der Name deiner ersten Liebe

7 Buchstaben senkrecht: der Name des Menschen, der dein Herz gebrochen hat. Du gehörst diesem Menschen.

2 Buchstaben waagrecht: was wir verloren haben

Und dann noch paar andere Kästchen, aber sie enthalten keine Antworten. Diese Kästchen lassen wir leer.

5 Buchstaben senkrecht: was sich für uns bald verändern wird

und 1 Buchstabe senkrecht: wie wir verschwinden

Im Inneren meines Kopfes wuchs das Kind im Inneren von Sarahs Bauch. Dann ging sie eines Tages zu einer Untersuchung. Das Baby war schon fast bereit. Es war nur eine Routineuntersuchung gewesen, aber dann rief mich Sarah weinend an.

»Scott, sie holen das Baby, sie holen sie heute. Ich bin schon auf dem Weg ins Krankenhaus.«

Was war passiert?

Das Baby bewegte sich nicht und sein Gewicht war niedrig. Sarah war 35, eine Hochrisiko-Mutter. Also wurde entschieden, dass es das Beste sei, die Geburt einzuleiten. Unverzüglich. Wir warteten den ganzen Tag und den halben Abend. Um neun Uhr schickte mich Sarah nach Hause, weil niemand sagen konnte, wann das Baby kommen würde. Ich saß zu Hause und betrank mich heimlich und dann läutete das Telefon. Es war Sarah. Sie sagte, ich solle schnell zurückkommen. Das Baby komme gerade. Der Arzt habe gesagt, der Muttermund sei vollständig geweitet. Ich sagte nichts.

Sarah sagte: »Scott.«

Ich sagte: »Also hatte irgend so ein Typ seine Hand in deiner Vagina?«

Ich meinte es als Scherz, aber auch ernst.

Sarah sagte, jetzt sei keine Zeit für Eifersucht. Sie brauche mich. Sie brauchte Bubbies, und Bubbies, das war ich.

Ich fuhr los und bretterte durch die Straßen zum Krankenhaus. Sarah war zittrig. Es war kein normales Zittern. Ihre Hände zitterten, ihre Arme und ihr Kopf zitterten und ihre Füße und ihre Knie und ihre Beine zitterten, die ganze Sarah zitterte. Ich schaute genau hin, um sicherzugehen, dass ich es mir nicht einbildete. Ihre Hände zitterten, ihre Arme zitterten, ihr Kopf und ihre Füße und ihre Knie zitterten und ihre Beine zitterten und sie selbst, als Ganzes.

»Ist dir kalt?«, fragte ich.

Sarah lächelte und sagte: »Nein, Scott. Mir ist nicht kalt. Ich hab Schmerzen. Entsetzliche Schmerzen.«

Also Schmerzen hatte sie. Trifft das nicht auf uns alle zu? Ich hielt ihre Hand und sang: »No Woman No Cry.«

Es schien ihr zu gefallen. »Oh Gott, nein, Scott. Lass den scheiß Reggae.«

Aber es verstörte mich. Wenn ich heute erzählen müsste, was ich über Natur der menschlichen Geburt weiß, dann wäre es Folgendes. Sarah McClanahan, die im Bett liegt und zittert, ihre Augen voll mit einem einzigen Begriff. Todesangst. Und daneben ich. Scott McClanahan: der Mann, der der Todesangst machtlos gegenüberstand.

Der Epiduralanästhesist kam herein und bat mich, kurz rauszugehen. Nur aus rechtlichen Gründen, erklärte er. »Wegen Haftbarkeit, Sie verstehen.« Also stand ich draußen im Korridor und zeigte Sarah eine Thumbs-up-Geste und machte ein dummes Gesicht.

Es sah so aus:

Aber Sarah lächelte. Sie wusste, dass dies die einzige Lernerfahrung war, die ein Mensch brauchte. Jemanden sterben zu sehen und dann jemanden auf die Welt kommen zu sehen. Dann kennst du die Welt. In diesem Moment erklärte ihr der Anästhesist, dass die Gefahr einer Lähmung bestehe.

Er überreichte ihr einen Stift und Sarah versuchte, ein Formular zu unterschreiben. Ihre Hand zitterte dabei so sehr, dass sie drei Anläufe brauchte.

Das Dokument war nun gültig. Aber die Anästhesie war zu spät gekommen. Die schmerzhaften Wehen begannen bereits. Während ich wartete, sagte ich: »Fick dich, Schmerz.«

Und der Schmerz antwortete: nichts. Und die Felsen sagten: nichts. Und die Flüsse: nichts. Und der Himmel sagte: nichts. Ich sagte: »Ich bin am Leben«, und der Schmerz sagte: »Dieser Umstand erzeugt in mir kein Gefühl der Verbindlichkeit.« Und obwohl der Schmerz keine Ohren besitzt, wollte ich meinen Satz wiederholen.

Aber in meiner Erinnerung hat Sarah gar keine Schmerzen. Sie sitzt aufrecht im Bett, so wie sie es ja wirklich tat an jenem Nachmittag, und sie ist wunderschön. Sie ist wunderschön, weil sie zwei Herzen in sich trägt, die schlagen und schlagen.

Aber plötzlich sind die Schmerzen wieder da und die Wehen beginnen. Ihr Gesicht ist ganz verzerrt, so wie wenn du aufs Klo gehst, oder wenn du vögelst. Und ich bin da und drücke eines ihrer Knie gegen ihren Oberkörper und die Schwester hält das andere Knie.

Nimm ihre Hand.

Der Arzt und die Hebamme sind irgendwo in einem anderen Zimmer, da ist ein Notfall. Ein Baby wurde blau geboren, in Todesgefahr, mit der Nabelschnur um seinen Hals. Und in einem anderen Zimmer ist ein Frühchen. Arzt und Hebamme gehen zwischen den Zimmern hin und her, mit *Ah verdammte Scheiße*-Gesichtern. Und hier, in unserem Zimmer, schaut die Schwester zu mir herüber, und ich schaue zur Schwester.

Ihr Blick sagt so was wie: »Bist du bereit? Wir bringen jetzt dieses Baby zur Welt, Motherfucker.« Und mein PTSD schaltet sich ein und ich bin bereit für diese Krise. Wir bringen jetzt dieses Baby zur Welt, Motherfucker.

Und die Schwester hält einen Sack unter Sarah und ich frage, was das ist.

Die Schwester sagt: »Das ist der Sack für die Scheiße.« Und Sarah, strahlend high, wiederholt: »Das ist der Sack für die Scheiße.«

Dann fügt die Schwester flüsternd hinzu: »Es ist nur für, Sie wissen schon. Stuhl und Nachgeburt und so.«

Sie sagt: »Manchmal presst eine Frau so sehr, dass sich durch den Druck in ihrem Körper ihr Stuhlgang löst. Und dann natürlich die Nachgeburt.«

Ich kann nur eines denken: Sarah, bitte scheiß dich nicht vor all diesen Leuten an. Wir kennen die nicht. Es wäre unhöflich. Und Sarah, als könnte sie meine Gedanken lesen, sagt: »Keine Sorge, Bubbies, ich hab mir einen Einlauf gemacht. Das ist einer der Vorteile von künstlich eingeleiteten Schwangerschaften. Man kann sich selbst einen Einlauf geben.«

Und dann fragt mich Sarah plötzlich eine Frage.

»Wie sieht es aus?«

Ich betrachte ihre erweiterte Vagina mit dem davon eingerahmten Babykopf.

Ich antworte ihr: »Wie ein nasser Maulwurf. Es sieht aus, als würdest du einen nassen Maulwurf zwischen deinen Beinen halten.«

Die Schwester kehrt uns den Rücken zu und zieht sich Handschuhe an.

Sarah flüstert: »Nein, ich meine, wie sieht meine Vagina aus?«

Zuerst denke ich, was für eine eigenartige Frage, aber dann verstehe ich. Ich schaue zwischen ihre Beine und sage: »Sie sieht wütend aus.«

»Kein Einreißen?«, fragt Sarah.

Einreißen?

Ich wusste nicht einmal, dass sie einreißen können, aber sie können einreißen. Sie können spektakulär einreißen.

Ich sagte: »Nein, glaub nicht.«

»Und mein Waxing?«

Was?

»Ich hab mir dieses Enthaarungswachs draufgetan vor ein paar Tagen, weil ich gewusst hab, dass das bald alle sehen werden. Ich weiß ja, wie Krankenschwestern sind. Damit die nicht darüber reden, hey diese eine Patientin, die hatte einen richtigen Wischmopp zwischen den Beinen.«

Dann war sie still.

Nach einer Weile sagte sie: »Meine Vagina sieht also wütend aus?«

Ich sagte: »Ja. Sie sieht wütend aus.«

Aber genug über Leiden. Zurück zur Geburt. Sarah beginnt zu pressen. Pressen. Pressen. Und sie atmet. Dann wieder pressen pressen pressen pressen pressen pressen pressen. Kurz ausruhen. Und wieder pressen. Pressen. Pressen. Pressen und dann plötzlich ist da Geschrei. Ein Baby kommt mit seinem Arm aus der Vagina und es blickt uns an mit seinem zerbeult aussehenden Babygesicht. Sie blickt mich an, als wollte sie sagen: Ich wühl mich hier gerade aus einer Vagina, mein Freund. Was schaust du so blöd? Das Baby greint *iiiii* und dann passiert Folgendes. Ein Gewitter, draußen vor den Fenstern. Es kracht und rumort rund um uns und schneidet sich durch die Dunkelheit und das kleine Mädchen wird aus dem Bauch gezogen und ihrer Mutter an die Brust gelegt und dem folgt ein Donnerschlag *Bummm*.

Wir sehen, wie das Baby glüht und glitzert und feurig schwelt, blitzend wie die Sicherheitslichter neben einem Verkehrsunfall. Das Licht geht aus und gleich wieder an, und als das Licht wieder da ist, sehen wir, dass das Mädchen einen Blitz auf der Nase hat. Sie weint. Ihr Name ist Iris.

Wir sind am Leben.

In dieser Nacht saß ich zu Hause und schaute mir Dokumentationen auf dem History Channel an. Sarah ruhte sich im Krankenhaus aus, das Baby war bei ihr, und ich lernte etwas über die Phalanx der Mazedonier und den rollenden Groll des Todes. Ich sah, wie Alexander der Große als kleiner Junge weinte, weil sein siegreicher Vater die Welt erobert und ihm nichts zum Erobern übrig gelassen hatte. Ich schaute mir die Schlacht von Cannae an, dort waren 50.000 Männer an einem einzigen Nachmittag getötet worden. Einhundert pro Minute. Napoleons Heer schlug sich durch ganz Europa. Dann waren ein paar Soldaten gefangen in den Felsen bei Gettysburg und ihre Trommelfelle rissen im Schlachtenlärm. Ich sah, wie 100.000 und dann 200.000 und dann 300.000 und dann 400.000 und dann 500.000 und dann 600.000 starben und in der Erde unter unseren Füßen verschwanden. Ich erfuhr Dinge über die beiden Weltkriege. Ich erfuhr, dass im 20. Jahrhundert mehr Menschen gestorben waren als in allen vorigen Jahrhunderten zusammen. Ich sah Dokus über Mao und Hitler und Stalin und über die Gulags. Ich sah Stalingrad und eine weitere Million toter Menschen. Ich sah die Atombomben fallen und die pilzförmigen Wolken und 90.000 starben an einem einzigen Nachmittag. Ihre Schatten waren noch auf den Gehsteigen zu sehen, nachdem sich die Körper in Staub aufgelöst hatten. Durch alles zog sich derselbe Tod und die Skelette und die Körper der Zombies wuchsen in die Höhe wie Bergketten. Sie alle hatten irgendetwas geliebt. Und ich fragte mich, ob all diese Kriege vielleicht so etwas wie Liebesbriefe darstellten. Liebesbriefe, in denen nichts stand.

TEIL DREI

Wir nannten unsere Wohnung *Das Apartment des Todes*. Mein Freund Chris war vor Kurzem eingezogen, da er ebenfalls gerade eine Scheidung durchmachte. Es war ein heiteres Arrangement. Eines Abends saßen wir herum und Chris sagte immer wieder, dass unsere Ehefrauen vermutlich auf Drogen waren und sich deshalb von uns hatten scheiden lassen. »Also ernsthaft auf Drogen. Ernsthaft. Also entweder das oder totaler Nervenzusammenbruch.« Ich lachte und sagte: »Ja, es hat gar nichts mit uns zu tun.« Ich betrank mich und schaute immer wieder dieselben Youtubeclips. Mein Rekord war *November Rain* von Guns N' Roses vierzehn Mal hintereinander, bis Chris mich bat aufzuhören.

And nothing lasts forever even cold November rain.
And nothing lasts forever even cold November rain.
And nothing lasts forever even cold November rain.
And nothing lasts forever even cold November rain.

Aber dann hörten wir etwas draußen im Hof, es klang, als würden Flaschen zerschlagen oder Dinge neben den Mülltonnen herumgeschoben.

Ich ging zum Fenster und schaute hinaus. Da waren die Mülltonnen. Es war dunkel und der Schnee fiel und die Flocken glühten golden unter der Straßenlaterne. Ich konnte nichts erkennen, also ging ich zurück ins

Wohnzimmer und Chris imitierte diese Figur, die er immer imitierte, er nannte sie den *dummen Rassisten*. Der dumme Rassist schaute fern und machte dabei rassistische Kommentare, aber er war so dumm, dass er dauernd die Stereotypen verwechselte. Der dumme Rassist war aber nicht zu verwechseln mit einer anderen von Chris' Figuren, die sich *Die Rassistenspinne* nannte. Sie war eine Spinne, die zugleich Rassistin war.

Ich setzte mich neben ihn und der dumme Rassist sagte: »Diese verdammten Iren mit ihren Riesenschwänzen.« Und dann: »Ah, was auch immer. Diese Native Americans sind nun mal echt gut in Mathe.«

Ich lachte ein bisschen, aber dann hörte ich das Geräusch wieder.

Ich ging zum Fenster und schaute nach draußen. Schnee bedeckte alles, aber dann sah ich etwas, das sich im Schnee bewegte, direkt unterhalb der grünen Tonne. Ich sah ein, zwei, drei, vier, fünf kleine Kätzchen. Einfach so.

»Was ist da?«, fragte Chris.

Ich sagte: »Kleine Katzen. So ein Wurf kleiner Katzen und sie sind hungrig.« Also lief ich zum Kühlschrank, aber dort gab es nur eine Flasche Ketchup und ein paar Bierdosen. Es gab außerdem noch Hot Dogs, sie stammten aus der Zeit meines Einzugs. Sie schauten widerlich aus, aber ich dachte mir, wird schon okay sein. Ich ging hinaus in den Schnee und die kleinen Katzen liefen alle davon. Unter der Straßenlaterne wirbelten die Flocken und ich hielt die Würstchen in der Hand und zerriss sie in kleine Stücke und warf sie auf den Boden. Sie tauchten im Schnee unter.

»Wo ist die Mutter?«, fragte Chris neben mir. Ich sagte, keine Ahnung, und dann gingen wir zurück in die Wohnung und schalteten das Licht aus. Wir warteten, und nach einer Weile kamen die Kätzchen zurück und ich sagte: »Vielleicht haben sie keine Mama. Vielleicht sind es Waisen, so wie wir.« Ich wies darauf hin, dass sie alle pechschwarz waren, bis auf eines, das hatte einen weißen Hals und ein weißes Gesicht.

Am nächsten Morgen warf ich noch mehr Hot Dogs in den Schnee. Wieder tauchten nach einer Weile die Kätzchen auf und tigerten herum, um die Wurststücke aufzusammeln. Ich hatte eine Idee. Wir hatten vor, am Abend einkaufen zu gehen und für die Kleinen das beste Katzenfutter zu besorgen, das wir uns leisten konnten, aber vorher würde ich Bier kaufen und dabei so tun, als wäre ich ein Hase. »Was meinst du damit?«, fragte Chris. Ich erklärte ihm: Er würde mich mit seinem Handy filmen, wie ich so tat, als wäre ich ein Hase. Chris lachte und ich lachte auch und dann nahm er sein Telefon heraus und begann zu filmen. Ich stand vor der Tankstelle und er richtete sein Handy auf mich.

Ich hielt meine Hände in Hasenstellung und sagte in einer hohen Kinderstimme: »Ich bin ein Hase. Ich bin ein Hase.«

Und ich begann zu hoppeln.

Ich hoppelte in den Tankstellenshop und hoppelte an den Kunden bei der Kaffeemaschine vorbei, an den Süßigkeiten und den Kartoffelchips, und dann hoppelte ich zum Kühlbereich mit den Bieren. Ich sagte: »Ich bin ein Hase.« Ich nahm ein Sixpack Bier mit meinen kleinen Hasenpfoten und hoppelte zur Kasse und kaufte das Bier. Die Kassiererin fragte: »Was sind Sie?« Und ich sagte: »Ich bin ein Hase.« Sie blickte leicht verängstigt drein, aber ich dachte, so was Albernes, ein Hase überfällt doch keine Tankstelle. Hasen bringen keine Menschen um.

Wir brachten das Bier ins Auto und gingen zu Kroger. Ich war kein Hase mehr und Chris steckte sein Handy ein, denn jetzt ging es darum, Dinge für die Kätzchen zu kaufen. Wir gingen in die Fleischabteilung und ich starrte in den riesigen Gang voller Fleisch. Es gab Lendenstücke und Ribeye-Steaks und Schweineschwarten und Rinderbraten vom Rumpf. Ene meene muh. Schließlich fiel die Wahl auf zwei dicke Steaks vom Black-Angus-Rind und Chris schüttelte nur den Kopf. Ich fragte ihn, ob die Steaks denn nicht lecker aussahen, und Chris schüttelte den Kopf und sagte, dass wir den Kätzchen keine Steaks kaufen sollten. Kätzchen würden die Steaks doch gar nicht runterbekommen. Ich sagte: »Ah ja«, und legte die Steaks zurück. Chris sagte, wir sollten lieber nach Hamburgern suchen. Also durchsuchten wir die Hamburger-Nische, bis wir ein paar teure Bio-Hamburger-Laibchen fanden, die zwölf Dollar kosteten. Ich sagte zu Chris, das sei doch perfekt, und wir gingen Richtung Kasse, aber da klingelte mein Handy.

Es war mein Vater. Ich hob ab und mein Vater fragte, was ich gerade so machte. Ich erzählte, Chris und ich hätten da diese verwaisten Kätzchen entdeckt und jetzt richtig gutes Hamburgerfleisch für sie besorgt. Dad sagte: »Ich finde, ein Mann mit Geldsorgen sollte nicht teures Fleisch für Katzen kaufen gehen. Oder?« Ich hatte die Schnauze voll von dem Blödsinn und fuhr ihn an: »Daddy, für meine Kätzchen kaufe ich nur das Beste.« Dann legte ich auf. Chris wusste nicht, was er sagen sollte. Ich bezahlte für die Hamburger, so wie ich immer für alles bezahlte. Ich bezahlte mit Kreditkarte und sagte dabei zu Chris, dass ich es genoss, mit Kreditkarte zu bezahlen, weil sich das immer wie echtes Leben anfühlte. Kreditkarten waren wie Herzen. Eines Tages würde jemand kommen und die während unserer Lebenszeit angestauten Schulden eintreiben. Und diejenigen mit den höchsten Schulden waren die, die am intensivsten gelebt hätten. Zu diesem Zeitpunkt stand ich bereits mit 44.000 Dollar im Minus und bald würde man mir den Hahn zudrehen.

Wir fuhren nach Hause und Chris bereitete das Fleisch für mich zu. Wir zerdrückten es mit einer Gabel und dann legten wir es auf einen kleinen Teller und stellten den Teller neben die Mülltonne. Dann warteten wir drinnen vorm Fenster. Wir blickten hinaus und warteten, aber wir sahen nichts. Dann sagte Chris: »Da, schau.« Langsam wagten sich die Kätzchen aus ihrem Versteck. Sie bewegten sich wie schwarze Punkte im Schnee. Sie begannen zu essen. Wir sahen ihnen dabei zu und grinsten wie kleine Kinder. Wieder fiel draußen der Schnee und wir standen am Fenster und sagten nichts über all die Dinge, die in letzter Zeit vorgefallen waren. Wir sagten nichts darüber, dass Chris' Frau von einem anderen Mann schwanger war. Auch nichts über die Nacht, die er im Krankenhaus verbracht hatte, weil er daran dachte, sich umzubringen. Und auch nichts über den einen Tag, ein paar Wochen nach seinem Einzug, als ich bewusstlos in meinem Schlafzimmer gelegen war und ihn aus Versehen ausgesperrt hatte. Er hatte an der Tür geklopft und ich hatte ihn nicht gehört. Dann, ein oder zwei Stunden danach, war er zurückgekommen, und ich begann zu heulen. Ich flehte ihn an, nicht Selbstmord zu begehen. Wir gingen zusammen ins Kino und ich weinte während des ganzen Films. Ein paar Wochen später machten wir Witze über diese Nacht. Wir nannten sie *Die Nacht des Weltuntergangs*. Aber jetzt dachten wir nicht an diesen Weltuntergang. Wir betrachteten einfach die Kätzchen beim Fressen und dann, am nächsten Morgen, stellten wir ihnen wieder Fleisch auf einem Teller hinaus, und auch am Tag darauf. Im Gespräch mit Freunden erwähnte ich die Kätzchen, damit sie glaubten, ich sei ein guter Mensch. So machen das alle.

Am nächsten Tag wachte ich auf und war schon spät dran. Es blieb keine Zeit, um den Kätzchen Fleisch hinzustellen. Ich zog mich an und ging raus zu meinem Auto. Der Teller, der vor der Mülltonne stand, war leer. Ich startete den Motor, damit sich das Auto etwas anwärmte, und dann nahm ich den Eiskratzer und schabte damit die Windschutzscheibe, *kratz kratz kratz*, und dann die Seitenfenster, *kratz kratz kratz*. Ich versuchte, meine Hände durch Anhauchen anzuwärmen, aber mein Atem kam wie ein Geist aus meinem Mund. Ich stieg ins Auto und warf den Eiskratzer auf den Rücksitz. Ich fuhr im Rückwärtsgang in Richtung Mülltonne und plötzlich war da etwas Schwarzes, das durchs Bild huschte, und das Auto machte ganz leicht *bump, bump*. Ich trat auf die Bremse, machte den Motor aus. Ich stieg aus und ging zur Mülltonne.

Das tote Kätzchen lag im Schnee. Seine Hinterbeine zuckten. *Zuck, zuck*. Es zuckte noch einmal, als machte es einen seltsamen Todestanz. Dann war es still. Es war das eine mit dem weißen Gesicht. Ich taufte es Blackie. Ich würde es begraben müssen, aber dann wurde mir klar, dass ich zu spät zur Arbeit kommen würde. Ich musste unbedingt pünktlich sein, weil ich mich in letzter Zeit schon viel zu oft verspätet hatte. Also stieg ich zurück ins Auto und versprach mir selbst, später zurückzukommen und es zu begraben. Aber als ich am Abend nach Hause kam, war das Kätzchen noch einige Male überfahren worden. Die Müllabfuhr war dagewesen, die Tonnen waren leer, und das Kätzchen im Schnee vollkommen platt. Also unternahm ich nichts. Auf diese Weise kümmert sich Nichts um Nichts.

Und so wurde es für mich zu einem Denkmal. Zu einem echten. Als ich am nächsten Abend nach Hause kam, drehte ich das Lenkrad scharf in die Richtung und fuhr über die Kätzchenbeule im Schnee. Am nächsten Morgen fuhr ich im Rückwärtsgang und die Mülltonne kam näher, wurde größer. Und ich überfuhr den Tod im Schnee. Am Tag darauf fuhr ich wieder darüber. Und am nächsten Tag wieder. Denn ich wusste, wenn ich es nur oft genug überfuhr, würde es vielleicht eines Tages nicht mehr da sein.

Bestimmt würde bald bei uns eingebrochen werden. Chris und ich wohnten nun seit einem Monat in der Wohnung hinter der Moschee und in der Nachbarschaft wurde andauernd irgendwo eingebrochen. Eines Abends gingen wir Chicken Wings essen und kamen danach zurück und sahen einen Typen auf dem Parkplatz der Moschee. »Verdammte Meth-Junkies«, sagte ich, als wir auf unserem Platz vor dem Wohnkomplex einparkten. Ich hatte Chris gerade am selben Tag von der Frau erzählt, die ich dabei erwischt hatte, wie sie Rabattcoupons aus unserem Briefkasten stahl. »Ausgerechnet Coupons«, sagte ich. »Man stiehlt jemandem nicht einfach seine Coupons.«

Chris zog die Handbremse an und blickte zu dem komischen Typen auf dem Parkplatz gegenüber. Der Typ stand da und beobachtete uns. »Ich wette, der wartet nur darauf, dass wir aus dem Auto aussteigen, oder er hat schon ein Haufen Zeug von uns gestohlen.« Chris lachte und fragte, was denn überhaupt in unserer Wohnung war, das man stehlen konnte. Ich sagte, meine Bücher, in Schachteln verpackt. 5.000 Stück. Die größte Kleinbibliothek im gesamten Bundesstaat. Chris blickte mich an und sagte: »Ja, ich hör auch immer, dass die Leute gestohlene Exemplare der *Bekenntnisse* von Augustinus gegen Drogen eintauschen.«

Ich ging nicht auf ihn ein, sondern wies darauf hin, dass die Typen besser die Finger von meinen DVDs von *Sid the Science Kid* lassen sollten. »Die DVDs brauch ich, für wenn die Kinder hier sind.« Dann sang ich die Titelmelodie: »I got a lot of questions and big ideas, I'm Sid the Science Kid.«

Aber Chris lachte nicht. Er schaltete den Motor aus und die Scheinwerfer erloschen und die Vorderseite unseres Gebäudes wurde schwarz. Chris wollte aus dem Auto aussteigen, aber ich hielt ihn zurück. »Nein, warte noch. Der Typ ist immer noch da.« Ich beobachtete den Mann. Er stand auf dem Parkplatz herum und schaute uns an. Er wirkte ebenfalls nervös. Er blickte sich ständig um. »Ich weiß nicht«, sagte ich. Aber dann stieg Chris aus dem Auto aus.

»Nein nein nein, nicht«, sagte ich, aber er war schon draußen. Also stieg ich ebenfalls aus, obwohl ich nicht wollte. Ich nahm den Plastiksack mit dem Bier mit und warf die Autotür zu. Ich blickte hoch zu dem Fenster im Wohnkomplex, wo Diablo Jr. wohnte. Falls wir in Schwierigkeiten gerieten, konnten wir nach ihm rufen, damit er uns half. Diablo Jr. war ein professioneller Wrestler aus der Gegend, der immer mit der fetten Frau vögelte, die neben uns wohnte.

Chris warf seine Tür zu und ging ums Auto herum und beobachtete den Typen. Er drückte auf die Fernbedienung auf seinem Schüsselbund und das Auto verriegelte sich und die Lichter blinkten und man hörte das Sperrgeräusch. Die Hupe machte *huup*. Dann stellte ich mich ebenfalls hinter dem Auto auf und beobachtete den Typen. Er blickte sich immer noch die ganze Zeit nach etwas um, aber dann fiel mir ein, dass ich die Chicken Wings im Wagen vergessen hatte. Ich bat Chris, die Türen noch einmal zu entriegeln. Ich beugte mich hinein und holte sie. »Jetzt hast du sogar mich paranoid gemacht«, sagte Chris. Er blickte sich um. »Weißt du, was passiert, wenn man das Wort *paranoid* im Wörterbuch nachschlägt? Da steht dasselbe wie bei Zynismus: eine tiefe und umfassende Kenntnis der menschlichen Natur.« Chris und ich setzten uns in

Bewegung. Da wir nur den Schlüssel zum Hintereingang dabeihatten, mussten wir einmal um den Wohnkomplex herumgehen. Wir bemerkten, dass der Typ uns nachging.

»Fuck. Der folgt uns«, sagte ich zu Chris und wir beschleunigten unsere Schritte. Chris überholte mich sogar, also lief ich schneller und versuchte, zu ihm aufzuschließen. Ich hörte schnelle Schritte hinter mir. Der Typ beschleunigte ebenfalls. »Fuck«, sagte ich. Chris blickte sich um, also blickte ich mich ebenfalls um. Chris holte den Schlüssel aus seiner Tasche, um ihn bereit in der Hand zu halten, wenn wir bei der Tür waren. Aber die Schritte verfolgten uns immer noch und Chris ging immer schneller und ich ging ebenfalls schneller, mit Schritten, als müsste ich dringend aufs Klo. Aber Chris war zu schnell für mich und ich beneidete ihn um seine Schnelligkeit. Der Typ war immer noch hinter uns.

Ich sah die Schlagzeilen in meinem Kopf: *Zwei geschiedene Väter wurden gestern Abend Opfer eines bewaffneten Raubüberfalls. Die Einsamkeit und Verzweiflung in ihrem Leben wurde von der Einsamkeit und Verzweiflung eines anderen Menschen übertroffen. Sprechern der Polizei zufolge wurden aus ihrem peinlichen Apartment des Todes lediglich die* Bekenntnisse *des Augustinus und einige DVDs einer Kinderfernsehshow gestohlen.* Ich blickte mich nach dem Typen um und er war immer noch hinter uns her, aber nun rief er was.

»Hast du den Schlüssel?«, fragte ich.

»Ja, hab ich«, sagte Chris und er rasselte mit dem Schlüsselbund. Ein Bund kleiner scharfer Messer. Dann waren wir bei unserer Veranda, dann auf der Treppe und vor unserer Tür, aber es war zu spät. Der Räuber stand neben uns. Es war so dunkel, dass ich sein Gesicht nicht sehen konnte. Er sagte etwas, aber ich konnte es nicht verstehen. Ich starrte auf seine Hände, um zu sehen, ob er ein Messer oder eine Pistole hatte, aber ich sah nichts dergleichen.

Voller Angst rief ich: »Was wollen Sie von uns?«

Der Typ sagte: »Asalamaleikum.«

Chris und ich blickten uns an und dann mussten wir lachen, weil wir so dumm und verängstigt reagiert hatten. Er wollte uns gar nicht ausrauben. Er war nur eine dieser seltsamen Sachen: freundlich, und er wünschte uns Willkommen und Frieden.

Er sagte: »Entschuldigt die Störung, ich hoffe, ich hab euch keine Angst eingejagt, aber habt ihr zufällig die Schlüssel zur Moschee?« Und er erklärte: »Ich sollte mich hier mit jemandem treffen, der mir die Moschee aufsperren wollte. Der Imam hat gesagt, dass der mit den Schlüsseln gleich hier um die Ecke wohnt.«

Ich schüttelte den Kopf und sagte, nein, wir wären leider die Falschen.

Chris kicherte die ganze Zeit darüber, wie blöd wir gewesen waren, und dann sagte der Typ: »Okay, aber jetzt, wo ich grad mit euch rede, kommt doch bitte diesen Freitag in der Moschee vorbei. Da haben wir unseren ersten Community Welcome Event.«

Er sagte, da würde es ein Büfett geben und Gemeinschaft und Verbundenheit. Wir seien herzlich eingeladen. Er fragte mich, ob ich Vater sei.

Ich sagte: »Irgendwie schon.« Er sagte, ich solle doch meine Kinder mitbringen. Es würde eine Hüpfburg für Kinder geben. Dann dankte er uns und wir dankten ihm und er ging fort.

Chris und ich betraten unsere Wohnung und wir brüllten vor Lachen, wie dumm wir gewesen waren, anzunehmen, dass er uns überfallen wollte. Chris sagte, ich sei schon so paranoid wie eine alte Frau. Ich lachte und sagte, dass wir vielleicht am Freitag da hingehen sollten. Es gab noch eine Reihe von anderen Dingen, die wir erledigen mussten, etwa einen echten Mülleimer besorgen anstatt immer bloß einen Plastiksack an die Schnalle des Schranks zu hängen. Und vielleicht sollte ich endlich einmal meine Bücherschachteln ordnen oder sie zumindest aus dem Schrank schaffen und einen geeigneten Lagerplatz finden. Vielleicht sollte ich auch wieder mal zu meinem Psychiater gehen und meine Medikamente erneuern oder mir etwas verschreiben lassen, mit dem ich endlich schlafen konnte. »Schlafen«, dachte ich. »Wenn ich doch nur schlafen könnte.« Und vielleicht sollten wir unseren Ike-Turner-Schrein abbauen. Unsere Freundin Kendra würde uns bald besuchen kommen und wir wussten beide, dass sie es sicher nicht neben einem Ike-Turner-Hausaltar aushalten würde.

Aber heute Abend. Vielleicht versuchte heute Abend irgendjemand, mir etwas mitzuteilen.

Der Mann war wie ein nächtlicher Dieb in unsere Gedanken eingebrochen und hatte Fragen gestellt, die ich mir selber noch nie gestellt hatte. Habt ihr den Schlüssel zur Moschee? Ich lachte und sagte zu Chris, dass irgendjemand mir irgendwas mitzuteilen versuchte. Chris fragte: »Wer?« und ich sagte: »Gott. Der, dessen Namen ungezählt sind.« Ich stellte mir eine Pilgerschaft vor, die ich bald antreten würde. Chris und ich sagten Gute Nacht, so wie wir es jeden Abend taten. Wir sagten Gute Nacht, als würden wir schlafen gehen, dabei saßen wir bloß auf unseren Betten hinter geschlossenen Türen und taten so, als wären wir nicht allein. Dabei waren wir schon gut geübt im Alleinsein. Und natürlich im Selbstmitleid. Chris machte die Tür seines Zimmers zu und ich machte meine zu und dann schaltete ich den Computer ein. Chris schickte mir ein paar SMS über jemanden, dessen Name ihm vorher beim Chicken-Wings-Abendessen nicht eingefallen war.

Ich ging zum DVD-Player und legte *Sid the Science Kid* ein. Ich löschte das Licht. Ich sang mit dem Titellied mit: »I got a lot of questions and big ideas. I'm Sid the Science Kid.« Ich nahm meine Tabletten und saß auf dem Bett und gruppierte um mich all meine Polster und tat so, als wären es kleine Kinder. Meine Kinder. Das machte ich manchmal, wenn ich einsam war und sie vermisste. Ich schaute *Sid the Science Kid* und stellte mir vor, sie wären neben mir. Manchmal sagte ich mir: »Nur noch drei Tage, bis ich sie sehe«, oder: »Nur noch zwei Tage« oder »Nur noch ein Tag, morgen seh ich sie.« Bald würde dieses *ein Tag noch* wirklich *morgen* sein. Ich sang mit Sid the Science Kid und dann stellte ich ihm Fragen und Sid the Science Kid gab mir Antworten.

Ich fragte: »Sid, warum führst du deine faustische Suche nach Erkenntnis fort?«

Sid lachte und sagte: »Um Weisheit und empirische Nachweise zu sammeln, die selbst von Kindern verstanden werden.«

»Und was hast du auf deiner Suche bislang herausgefunden?«

Sid sagte: »Nur eines. Wir sind alle Waisen.« Danach sprach ich nicht mehr mit Sid the Science Kid.

Ich googelte das Wort »moschee«. Auf der Webseite stand, dass das Wort Moschee aus dem Arabischen stammte und so viel wie Ort der Andacht bedeutete. Ich dachte daran, dass die einzige innige Barmherzigkeit in meinem Leben darin bestand, die Familien gegenüber zu beobachten, wenn sie freitags eintrafen. Also blieb ich die ganze Nacht wach, indem ich versuchte zu schlafen, aber ich schlief einfach nicht ein, bis ich am Nachmittag plötzlich erwachte und es nur mehr eine Stunde war, bis meine Kinder kamen. Ich lief durch die Wohnung und versuchte, so weit es ging aufzuräumen. Dann wartete ich auf ihre Ankunft. Ich hörte Kinderstimmen und das Geräusch von Autos, die auf dem Parkplatz hielten. Ich spähte durch die Jalousien und sah, dass der ganze Parkplatz voller Mercedes und anderer hübscher Autos war, und da war eine Hüpfburg direkt vor der Moschee und sie war voller Kinder. Da waren Väter und Mütter, und da waren Teenager. Auch Tische hatte man aufgestellt, voll mit Essen. Die Leute saßen rund um die Tische und aßen und gemeinschafteten miteinander. Ich sah den Wrestler, Diablo Jr. Er schüttelte allen die Hände und lächelte und zeigte den Kids einige Wrestlingmanöver. Und da war die Junkiefrau, die ich beim Stehlen unserer Coupons erwischt hatte. Sie aß von dem Essen und lachte, und ich empfand ihr gegenüber keinerlei Zorn mehr. Alle Familien freuten sich und die Kinder liefen umher und sprangen in die Hüpfburg und aus ihr heraus. Sie alle hatten etwas, das mir im Leben fehlte. Sie hatten Liebe und Glück. Sie konnten »Asalamaleikum« sagen und es auch meinen. Aber ich wollte nur eins. Sie ausrauben.

Ein paar Wochen danach spuckte ich auf den BMW von Big Ugly. So nannte ich Sarahs neuen Freund. In den letzten Wochen hatte ich ihm, wann immer ich ihn in seinem BMW irgendwo sah, einen Kuss zugeworfen. Ich sah ihn, wie er ins Krankenhaus fuhr, und warf ihm einen Kuss zu. Ich geriet auf dem Weg zur Arbeit zufällig hinter sein Auto – und warf ihm einen Kuss zu. »Würdest du bitte damit aufhören, Dr. Jones in der Öffentlichkeit Küsse zuzuwerfen?«, sagte Sarah eines Tages am Telefon. Ich antwortete, ich hätte keine Ahnung, wovon sie sprach. Ich erklärte, ich sei ein Mann des Friedens und Küsse zuzuwerfen sei mein Hobby.

Dann verwendete ich die ganze Zeit den Namen Big Ugly und Sarah bat mich, damit aufzuhören. Warum sei ich überhaupt auf diesen Namen gekommen? Ich sagte: »Nun ja. Er ist groß, big, er ist außerdem hässlich, ugly.« Eines Abends brachte ich die Kinder zu Sarahs Haus und sah den BMW. Da war das Wunschkennzeichen BABYDOC1. »Was für ein saudämliches Wunschkennzeichen«, sagte ich. »Vertraue niemals Leuten mit solchen Kennzeichen.« Da stand das Auto, direkt vorm Haus, und aus irgendeinem Grund verlor ich die Beherrschung. Der Schnee fiel in dicken Flocken und Brocken. Ich schaltete den Motor aus und saß im

Auto. Auf dem Rücksitz waren die Kinder, Sam döste vor sich hin und Iris trat von hinten gegen meinen Sitz. Ich betrachtete den BMW und dann verkündete ich: »Ich spucke jetzt auf das Auto da.« Ich holte Sam aus dem Kindersitz. Ich hielt den Henkel des Baby-Tragesitzes und dann ging ich zu dem BMW und stand eine Weile davor. Der Schnee landete auf Sams Stirn und schmolz. Ich sah Sarah in der Haustür, umrahmt vom Lichtschein. Ich lehnte mich zurück und sammelte *chrrrrr* Rachenschleim. Ich spürte, wie die Wärme meinen Mund füllte. Ich hielt den Schleimbatzen ein paar Sekunden auf meiner Zunge, bevor ich ihn als Raumschiff aus meinem Mund schießen würde. Und da flog er los, von meinen gespitzten Lippen hoch in die Luft, vorbei an den schwebenden Schneeflocken, und er glänzte silbrig im Licht der Straßenlaternen, ein Glühwürmchen. Dann fiel er abwärts, abwärts, bis er auf der Schneeschicht auf der Motorhaube des BMW landete. »Scheiß Naziauto«, sagte ich. Dann ging ich durch den Garten und hinterließ eine Spur aus kleinen Engelsfußabdrücken.

Auf der Veranda trampelte ich mir den Schnee von den Stiefeln. Ich machte die Tür auf und stellte Sam ab. »Ich hab gerade das Auto deines Freundes angespuckt«, sagte ich zu Sarah und wandte mich um, um Iris zu holen.

»Häh«, sagte Sarah. »Was hast du gesagt?«

Sie wiederholte ihre Frage. »Ich hab gesagt, ich hab gerade das Auto deines Freundes angespuckt.« Beim Zurückgehen folgte ich meinen eigenen Schuhspuren im Schnee und hinterließ neben ihnen neue, frische. Nun sah es so aus, als wären zwei verschiedene Menschen hier gegangen. Ich machte die Autotür auf und versuchte, Iris herauszubekommen. Ich drückte den Knopf des Sicherheitsgurtes und zog daran, aber die Klinke löste sich nicht. Ich drückte noch einmal auf den Knopf und zog. »Scheiße«, sagte ich. »Scheiße.« Ich schaffte es schließlich, Iris zu befreien, und ich trug sie durch den Schnee zum Haus. Sie sagte: »Mein Ruttsack.«

»Ah, scheiße«, sagte ich. »Ich hab ihren Rucksack vergessen.« Also ging ich noch einmal zurück zum Auto.

Dann ging ich ein drittes Mal den Weg durch den Schnee.

Ich brachte den Rucksack. Sarah sagte: »Das ist ziemlich scheiße von dir, einfach so das Auto von jemandem anzuspucken. Egal, wer es ist.«

Ich wies Sarah darauf hin, dass sie das Wort »Scheiße« vor den Kindern verwendet hatte. Sie sei ein schlechter Mensch. Aber dann fiel mir noch etwas ein. Ich sagte: »Es ist auch ziemlich scheiße, mit einem Typen auszugehen, der einen BMW fährt. Weiß er nicht, dass das ein Naziauto ist?« Sie sagte, das sei ihr egal. Ich hätte das doch bloß irgendwo im Fernsehen aufgeschnappt.

Ich sagte: »Was? Also ist dir Geschichte egal.« Genau das sei das Problem mit der Menschheit heutzutage, erklärte ich ihr. Sie sei uninteressiert an Geschichte. Sarah blickte verwirrt und sagte dann: »Ah, meine Güte, Scott. Was zum Teufel hat das denn mit Geschichte zu tun?« Ich blickte sie an. Bald würden wir offiziell geschieden sein.

Einige Minuten lang sagte ich nichts, aber dann kam mir eine Idee. Ich ging zur Haustür und Sarah fragte: »Was hast du jetzt wieder vor.«

Ich erklärte: »Ich spucke noch mal auf sein Auto.« Und ich machte die Tür hinter mir zu. Sarah folgte mir.

Ich sah Iris hinter dem Türglas stehen. Ihr Mund formte ein »Was?«. Ich bemerkte, dass ich vergessen hatte, den Rucksack ins Innere des Hauses zu stellen. Also nahm ich ihn und öffnete die Haustür wieder. Iris kam auf mich zugelaufen, als begrüßten wir uns aufs Neue. Sie hob ihre Arme, wie sie es immer tat, sie wollte von mir hochgehoben werden. Aber anstatt sie hochzuheben, stellte ich einfach den Rucksack vor ihr auf den Boden hin und streckte eine Hand aus, um sie aufzuhalten. Sie war direkt auf mich zugerannt, zielsicher und kleinkindschnell. Meine Fingerspitzen stießen gegen ihr Brustbein und sie blieb stehen. Es sah fast so aus, als hätte ich sie geschlagen. Und ihr Gesicht sah so aus:

Ich bin allein.

Iris blickte verwirrt und Sarah blickte verwirrt. Ich machte die Haustür zu und ging zum parkenden BMW. Ich hielt mich an meine früheren Fußspuren und dann wandte ich mich um und sah Sarah in der Tür des Hauses stehen. Sie stand da mit einem Baby an der Hüfte und einem an ihr Knie gelehnten kleinen Mädchen. Dann blickte ich zum Wunschkennzeichen BABYDOC1. Ich sammelte Rachenschleim, warf meinen Kopf zurück und spuckte. Die Spucke schoss nach vorne und verschwand in der Schneeschicht des Autos. Dann hob ich beide Arme in einer Jubelgeste und wandte mich zu Sarah um. Sie sah aus, als könne sie es einfach nicht glauben. Sie schüttelte ihren Kopf so auf die Art *Was stimmt nicht mit dir.*

Ich wusste keine Antwort.

Ich ging nach Hause und erzählte Chris, dass ich einen BMW angespuckt hatte. Ich hätte es für uns getan und für all die einsamen Menschen. Chris wusste nicht, wovon ich sprach. Ich sagte, ich sei ein Schrottplatzköter. Der Schrottplatzköter der ganzen Welt, ich sei frei, obwohl nichts frei ist.

Am nächsten Morgen beschloss ich, mich zu bessern. Ich würde Big Ugly keine Küsschen mehr zuhauchen und ich würde auch nichts mehr über die Albernheit von Wunschkennzeichen sagen. Nichts darüber, dass es besonders schlimm war, wenn das Kennzeichen so etwas wie BABYDOC1 sagte, weil das der Spitzname des schlimmsten Diktators in der Geschichte Haitis war. Ich musste lachen, als ich mir vorstellte, wie ich Sarah alternative Wunschkennzeichen für ihren Freund aufzählte, wie etwa *Idiamindada1* oder *go4polpot1*. Ich sah Baby Doc, wie er den Kindern Haitis mit einer Machete die Hände abhackte und dann jeder einzelnen der abgetrennten Hände ein High Five gab. Ich sah, wie das haitianische Volk verhungerte.

Das machte mich wütend und am Nachmittag betrank ich mich. Draußen schneite es und überall waren Eis und Graupeln. Ich begann hin und her zu schwanken. Das Krankenhaus, wo Sarah arbeitete, lag in Gehweite von meinem Apartment. Also ging ich nach draußen und stapfte durch den Schneematsch auf dem Parkplatz bis zur Straße. Hier rauschten die Autos vorüber, Trucks und Autos, direkt vor mir. Ich schaute nach links und nach rechts. Links, rechts, links, rechts. Ich war ein kleiner Junge. Dann rannte ich über die Straße und sprang in den Graben. *Yee haw*. Ich suchte nach Big Uglys Auto. Dabei murmelte ich: »Wo ist der scheiß wichser BMW?« Ich ging die Straße entlang und da waren Chryslers und Toyotas und Mercedes und Pickup-Trucks und Minivans, aber kein BMW. Ich ging einmal um das Krankenhaus herum und suchte nach dem Auto. Die meisten Autos waren inzwischen ganz von Schnee bedeckt, was die Suche erschwerte. Eine Krankenschwester, oder was immer sie war, rauchte in ihrem Auto eine Zigarette.

Sie beobachtete mich. Ich dachte: Ach komm, wo ist der scheiß BMW? Und die ganze Zeit fiel der Schnee. Dann sah ich ihn. Da war er. Der BMW. Ich ging zu ihm rüber und versuchte zu entscheiden, ob ich ihn mit dem Schlüssel zerkratzen oder lieber gleich einen Stein durch die Scheibe schmeißen sollte. Aber ich tat nichts dergleichen. Ich stand neben dem Auto. Dann machte ich noch einen Schritt. Ich wischte den Schnee von der Scheibe und blickte hinein. Auf dem Vordersitz lag ein Bild, aber ich konnte nicht genau erkennen, was es darstellte. Ich ging näher ran und sah, dass es Jones zeigte, mit seinem Sohn. Sein Sohn trug eine Pfadfinderuniform und Dr. Jones trug ebenfalls eine Pfadfinderuniform und beide sahen albern aus. Sie lächelten. Der Sohn war vermutlich zehn Jahre alt oder so, und er sah aus, als liebte er seinen Vater mehr als alles. Er war glücklich, seinen Vater bei sich zu haben. Der Junge hielt einen Pokal und sein Dad hatte den Arm um ihn gelegt. Sein Dad war ein guter Dad und der Sohn war ein guter Sohn. Aber da war auch ein trauriger Ausdruck im Gesicht des kleinen Jungen. Als wüsste er, dass sein Daddy ihn bald würde verlassen müssen.

Und Dr. Jones hatte auch einen zweiten Ausdruck im Gesicht. Er lächelte zwar, aber seine Augen waren traurig. Er sah aus, als wüsste er, dass wir nur in den Geschichten anderer existieren und dass wir alle die brutalen Zureiter von Pferden sind. Und vielleicht noch andere Dinge. Vielleicht auch, dass ein Feind niemals für lange Zeit ein Feind ist, sondern nach einer Weile so etwas wie ein geheimer Freund. Er sah aus, als müsste er sterben, weil er so weit weg von seinem Sohn lebte und ihn nur jedes zweite Wochenende sah. Er war so weit von seinem Kind entfernt, und wenn einer den Schmerz im Inneren meines geheimen Herzens kannte, dann vermutlich er. Er liebte seine Kinder und die Kinder liebten ihn und er war für sie da, er war in ihrem Leben. Auf der Fotografie wirkte er, als würde er all seinen Schmerz verbergen. Ich begriff, dass das Gesicht im Foto nicht mehr sein Gesicht war. Es war durch ein anderes Gesicht ersetzt worden, das vollkommen anders aussah. Es sah aus wie das Gesicht von jemandem, den ich vor langer Zeit geliebt hatte, den ich einst gekannt, aber nun seit vielen Jahren nicht mehr gesehen hatte.

An diesem Abend schaute ich einen Film und versuchte nicht daran zu denken, was passiert war. Der Film handelte von einem alten Ehepaar, das nach Tokyo reiste, um seine Kinder zu besuchen. Aber als sie dort ankamen, waren ihre Kinder zu beschäftigt, um Zeit mit ihnen zu verbringen. Auf dem Rückweg wurde die Mutter krank und nun mussten die Kinder ihrerseits eine Reise antreten, um die Mutter an ihrem Sterbebett zu besuchen. Als die Mutter tot war, kam gegen Ende des Films ein Nachbar vorbei und fragte den Vater, wie es ihm gehe. Der Vater war nun ganz allein und saß da und blickte hinaus aufs Meer und sagte, dass er sich, wenn er gewusst hätte, wie sich die Dinge entwickeln würden, anders verhalten hätte.

Heute, Jahre später, denke ich genau dasselbe. Hätte ich gewusst, wie sich die Dinge entwickeln, ich hätte mich anders verhalten. Hätte ich gewusst, dass alles so kommen würde, ich wäre freundlicher gewesen.

Nach einer Weile begann Sarahs Arbeit sie zu belasten. Wir taten immer noch nette Dinge füreinander. Es war das Weihnachten zwei Jahre vor unserer Scheidung und sie musste am 25. eine zwölfstündige Schicht machen, also beschlossen wir, unsere Geschenke schon am Weihnachtsabend auszupacken. Wir saßen unterm Christbaum, ohne irgendeine Lichtquelle außer denen, die auf dem Baum selbst hingen, und wir bauten kleine Haufen mit unseren Geschenken auf dem Boden vor uns. Wir sprachen darüber, wie unangenehm es war, die Geschenke schon am Weihnachtsabend aufzumachen. Sarah wirkte traurig. Vor ein paar Monaten war ihr Großvater gestorben und im Krankenhaus hatte ein Teenagermädchen versucht sich umzubringen, indem es sich selbst anzündete. Sarah hatte die ganze Nacht mitanhören müssen, wie die junge Frau vor Schmerzen stöhnte, bis sie endlich starb. Und ihrem Lieblingspatienten, dem alten Mann, den sie den Piraten nannte, ging es auch immer schlechter. Zweimal hatte er sich in Sarahs Gegenwart den Katheter herausgerissen, bis sein Penis ein zerfranstes Seil war, aus dem das Blut schoss. An diesem Abend erzählte mir Sarah, wie sich ihr Großvater immer als Santa Claus verkleidet hatte. Sie hatte ihn im Sommer immer an dem See in Michigan besucht. Sie erzählte mir ihre Erinnerungen aus der Kindheit.

Dann begann sie, ihre Geschenke aufzumachen. Sie packte die Handtasche aus, von der sie bereits wusste, und dann das Bügeleisen, von dem sie ebenfalls schon wusste. Sie sagte: »Wow, cool. Ein Bügeleisen.« Sie sagte es, als könnte sie nie im Leben erraten, was sich unter dem Geschenkpapier befand, und dann öffnete sie das nächste Geschenk und sagte: »Hurra, eine neue Handtasche. Yaaay. Wie hab ich das nur erraten?« Und sie lächelte, als wären die Dinge nicht von ihr im Vorfeld ausgewählt worden.

Ich packte CDs aus und eine neue Uhr. Ich sagte: »Oh, CDs« und »Oh, eine neue Uhr.« Sarah erzählte mir, sie hätte mir Konzertkarten für einen Sänger besorgen wollen. Nach einigen Wochen sei ihr allerdings klar geworden, dass der Sänger seit Jahren tot war. Wir lachten darüber und Sarahs Augen leuchteten, aber dann sah sie plötzlich traurig aus. Sie blickte zum Kaminsims, auf dem eine Urne stand. In der Urne befand sich die Asche eines Patienten aus dem Krankenhaus. Er war ein siebzigjähriger geistig zurückgebliebener Mann gewesen, der keine Verwandten gehabt hatte. Niemand hatte seine Überreste haben wollen, also hatte Sarah sie eines Abends mit nach Hause genommen, damit sie nicht von der Verwaltung entsorgt wurden. »Die Menschen sind so allein«, sagte sie und ihre Augen füllten sich mit Tränen. Wir hatten uns gestritten, als sie die Asche vor ein paar Wochen mit nach Hause gebracht hatte. Ich hielt es für total geisteskrank, sich die Asche irgendeines fremden Toten hier aufzustellen, ich wollte sie nicht im Haus haben. »Die Toten sind solche scheiß Egoisten«, sagte ich, aber Sarah stellte die Urne trotzdem auf.

Ich tätschelte Sarahs Bein und sagte, ich sei froh, dass sie die Asche zu uns gebracht hatte. Ich fragte, woran sie gerade dachte. An ihren Großvater, sagte sie, der sich immer als Santa Claus verkleidet hatte. Das wisse sonst niemand mehr, niemand würde daran denken, außer ihr. Die Erinnerung lebte nur in ihr. Sarah weinte ein bisschen und sagte, es sei grausam, wie sich alles mit der Zeit veränderte. Sie erklärte, wie grausam Erinnerungen und Geschichten und Menschen waren. Letzte

Woche hatte jemand Dr. Jones als N-Wort bezeichnet. Ich fragte, wie er reagiert hätte, und sie sagte, professionell. Er machte seine Arbeit. Ich sagte, das tue mir leid, und dann entschuldigte sie sich dafür, dass sie traurig geworden war, aber fügte hinzu, dass Feiertage vermutlich genau dafür da waren. Sie lachte und fragte, was der Sinn des Ganzen sei, denn es ergebe alles überhaupt keinen Sinn, und dann fragte sie noch mal, was der Sinn sei und weshalb wir so grausam waren.

Ich sagte, ich wüsste es nicht.

Wir schliefen auf der Couch ein und wurden einige Stunden später durch Sarahs Handyalarm geweckt. Schweigend zog sie sich ihr Schwesterngewand an, schweigend trug sie Make-up auf. Sie zog sich ihren Pullover an und dann flüsterte sie, ich solle ruhig weiterschlafen.

Sie sagte: »Es ist Weihnachten, Scott.«

Aber als ich einige Stunden später erwachte, war ich angespannt. Ich war ganz allein und das Haus war kalt. Alte Männer in Santa-Claus-Kostümen gingen mir durch den Kopf. Und ich dachte an Sarah, wie sie am Telefon die Nachricht erhielt, dass ihr Großvater gestorben war, und dann dachte ich an sie, wie sie im Garten auf und ab ging, eine Hand an ihr Gesicht gepresst, und ihr Gesicht war ganz zerknautscht und ihr Kinn war voller Tränen, ein richtiger kleiner Kinnbart aus Tränen. Ich dachte an meine Tröstungsversuche und an ihr von den Christbaumlichtern beschienenes Gesicht. Ich hatte das Bedürfnis sie aufzuheitern, wenn sie nach Hause kam. Ich wollte sie überraschen.

Also suchte ich das Stofftier, das ihr Großvater ihr vor langer Zeit geschenkt hatte. Dann nahm ich ein Foto ihrer Großmutter, das sie immer auf ihrem Schreibtisch stehen hatte. Sie war gestorben, als Sarahs Vater noch klein war, also hatte Sarah sie nie gekannt, außer von Bildern und aus Erzählungen. Ich fand auch ein Foto ihrer Cousine Ashley, die in Sarahs Jugend bei einem Autounfall gestorben war. Und da war ein Bild von Sarah mit ihrem Lieblingspiraten, kurz nach dessen Beinamputation. Ich nahm all meine Fundstücke mit nach unten, zu Sarahs Arbeitstisch, wo das Geschenkpapier war. Ich legte die Stücke in Schachteln und verpackte sie. Ich wickelte sie ins Papier, als wären sie nie zuvor jemandem geschenkt worden.

Dann verfasste ich kleine Kärtchen.

Zum Beispiel diese: *Von Grandpa. Für Sarah*:

Ich wollte nur, dass du weißt, dass ich dich immer lieb haben werde. Ein Teil von mir ist immer noch bei dir. Schau nur in den Spiegel – da bin ich. Frohe Weihnachten.

Dann schrieb ich ein Kärtchen von dem Piraten:

Ich danke dir, dass du Krankenschwester geworden bist. Es ist immer schön, wenn deine Arbeit im Pflegen von Menschen besteht. Wir brauchen mehr Menschen, die sich um andere kümmern. Danke, dass du dich um mich gekümmert hast.

Dann schrieb ich noch eine von ihrer Großmutter. Sie begann so: *Ich weiß, wir sind uns nie begegnet, da ich schon vor deiner Geburt gestorben bin, aber ich habe dich immer lieb gehabt.*

Ich legte die Geschenke aus der Vergangenheit unter den Christbaum und wartete auf Sarah. Bevor sie nach Hause fuhr, rief sie mich an, so wie sie es immer tat, und fragte mich, ob ich etwas von Wendy's haben wolle. Ich sagte Nein. Sie hatte üble Laune, als sie nach Hause kam. Ich rief »Frohe Weihnachten« und fragte sie, wie die Arbeit gewesen war. Ich hüpfte auf und ab. Auf und ab. Sie sagte: »War ganz ruhig. Aber ich glaube, ich war einfach nur müde, weil ich letzte Nacht so wenig geschlafen habe.« Ich sagte ihr, sie solle nicht mehr daran denken, und dann führte ich sie zum Baum und zeigte ihr die verpackten Geschenke. Sie fragte, ob wir die Geschenke denn nicht letzte Nacht schon ausgepackt hätten, aber ich sagte, das seien Geschenke aus der Vergangenheit. Es sei eine Überraschung. Die Geschenke von Leuten aus der Vergangenheit, die ihr noch mal Frohe Weihnachten wünschen wollten.

Sarah machte das Geschenk des Piraten auf, der ihr »Frohe Weihnachten« wünschte und sich für ihre Fürsorge bedankte und ihr versicherte, dass er sie vermisste. Dann das von ihrer Großmutter, die bedauerte, sie nie kennengelernt zu haben, aber sie wissen ließ, dass sie sie liebte. *Vielleicht lieben wir die, denen wir nie begegnet sind, am meisten.* Die Großmutter schrieb außerdem: *Mir ist zu Ohren gekommen, dass du daran denkst, selbst eines Tages Mutter zu werden, und dass du, wenn es ein Mädchen wird, es Iris nennen möchtest, nach meiner eigenen kleinen Tochter, die gestorben ist, als sie noch ganz klein war. Ich hoffe, du weißt, wie stolz mich das macht.*

Und die Notiz ging weiter:

Ich kann dir sagen, dass es tatsächlich eine nächste Welt gibt. Du hast recht. Scott hat unrecht. Es ist eine Welt, die uns alle umgibt, und wir sind alle zusammen, so wie jetzt. Alle Lebenden und Toten.

Sarah lächelte und ich überreichte ihr das Geschenk ihres Großvaters. Es war das Stofftier, das er ihr vor langer Zeit gegeben hatte. Sarah packte es aus, las das Kärtchen und weinte und weinte. Rotz kam aus ihrer Nase. Ich sagte ihr, es sei okay, ihr Großvater habe sie sehr lieb gehabt, und es sei in Ordnung, Menschen zu vermissen.

Sarah hörte zu weinen auf und sagte, ich solle die Klappe halten. Ich hätte überhaupt keine Ahnung von irgendwas. Keine Ahnung, was sie meinte. Sie erklärte, Weihnachten sei eine widerliche, gespenstische Zeit für sie, und ihren Großvater habe sie nicht mal gut gekannt. Sie sagte, sie habe ungute Erinnerungen an ihn. Er hatte ihren Bruder Jack immer als fett beschimpft und auch ihr eigenes Gewicht und ihre Art zu sprechen kommentiert. Er wollte nicht, dass sie einen West-Virginia-Akzent bekam. Außerdem habe er, als er seine zweite Frau geheiratet hatte, im Ehevertrag festlegen lassen, dass sie ihm dreimal pro Woche Omeletts und Sekt Orange ans Bett servieren müsse. Ich schüttelte den Kopf und meinte, das müsse doch ein Scherz gewesen sein. Er habe das bestimmt nicht ernst gemeint. Aber Sarah sagte, nein, kein Scherz. Seine zweite Frau habe Sarah eines Tages belehrt, jede Frau solle dreimal im Leben heiraten. Die erste Ehe wegen Geld. Die zweite wegen Aussehen, damit dein Nachwuchs gut aussieht. Und dann die letzte Ehe aus Liebe. Liebe sollte ganz zuletzt kommen. Es würde viel über eine Person aussagen, wenn man wisse, ob sie diese Regel befolgte oder nicht. Und dann erzählte Sarah, dass der Piratenpatient ein verurteilter Kinderschänder war, das habe sie vor Kurzem herausgefunden, und das sei der Grund, weshalb seine Familie ihn nie besuchen kam. Rhani habe ihr sein Foto in der Sex-Offender-Datenbank von West Virginia gezeigt.

Sarah wischte sich den Rotz von der Nase und stapfte aus dem Zimmer. Sie ging gleich zu Bett. Sie war erschöpft.

Ich hatte Weihnachten kaputt gemacht.

Da begriff ich, dass es noch ganz andere Geschenke gibt. Die sind mit nichts gefüllt.

Und kleine Kärtchen hängen an ihnen, die besagen: *Es gibt keine nächste Welt. Nur diese hier. Deine Erinnerungen sind nur die dummen Stimmen in deinem Kopf. Liebe ist bloß Biologie, das Bedürfnis von Tieren, ihre Gene weiterzugeben, wie Ratten.* Und andere Kärtchen, verfasst von Großmüttern: *Am Ende stehen wir einfach als Asche im Haus irgendeines Fremden. Ungewollt und unbekannt.* Kärtchen von Müttern, auf denen steht: *Du bist mir immer auf die Nerven gegangen.* Und hier eines von deinem Vater: *Gott sei Dank bin ich tot. Wir waren uns nie nahe. Und wir haben uns nie gekannt. Nie.*

Und das sind die wahren Geschenke.

Das ist die reale Vergangenheit.

In den darauffolgenden Tagen musste Sarah mitansehen, wie die von ihr geliebten Wesen älter wurden und starben. Miss K. war eine achtzigjährige Dame, die von Sarah nach dem Geheimnis einer erfolgreichen Ehe gefragt wurde. Miss K. dachte einen Augenblick nach und sagte dann: »Zwei Dinge. Erstens: Maul halten.«

»Und das zweite?«

Miss K. sagte: »Ficken, ficken und noch mehr ficken.« Sarah lief rot an, als sie diese Worte aus dem Mund einer Achtzigjährigen hörte. Miss K. sagte: »Wenn man beim Ficken gut zusammenpasst, hat man ein glückliches Leben vor sich.«

An jenem Wochenende erzählte mir Sarah davon, wie sie zu Miss K. gegangen war, um nachzufragen, ob sie frisiert werden wollte – aber die alte Dame hatte einen Besucher. Es war ein grauhaariger Mann um die sechzig. Sarah kam später noch einmal vorbei und ein anderer Mann saß bei Miss K. Er hatte ihr bereits dabei geholfen, auf die Toilette zu gehen, und er hatte auch ihr Haar schön hergerichtet. Später am selben Abend bemerkte Sarah einen dritten Mann, der Miss K. die Fingernägel feilte. Und kurz vor Ende der Besuchszeit kam ein vierter, der der alten Dame aus einem Band mit Liebesgedichten vorlas.

»Sie haben aber viele Besucher«, sagte Sarah zu Miss K., die früher Lehrerin in einer Schule gewesen war.

Miss K. lächelte und sagte: »Ja, das sind meine Jungs.«

Sarah dachte an ein Zimmer voller Söhne.

Dann fragte Miss K.: »Haben Sie und Ihr Ehemann letzte Nacht gefickt?«

Sarah antwortete: »Nein.«

Miss K. lächelte nur und meinte: »Nun ja, dann ist die Beziehung verloren.«

Sarahs Schicht am nächsten Tag war sehr anstrengend. Einmal ging sie zu Miss K. ins Zimmer und betrachtete die schlafende Frau eine Weile. Alte Patienten beim Schlafen zu beobachten hatte eine beruhigende Wirkung auf sie. Dann bemerkte sie, dass ein Besucher im Raum war, der grauhaarige Mann. Der Besucher war ebenfalls eingeschlafen, aber dann bemerkte er Sarah und erwachte.

»Oh, tut mir leid«, sagte Sarah. »Ich hab nur nach ihr gesehen.« Sie wollte den Raum verlassen. »Nein, bleiben Sie nur«, sagte der grauhaarige Mann. Er konnte nicht älter als um die fünfzig sein. »Sie mag Sie sehr und sie mag sonst kaum irgendwen.« Der Mann nahm seine Brille ab und rieb sich die Augen. »In meinem Traum waren wir am Strand, vor vielen Jahren. Bevor alles so schlimm wurde. Ich hab ein Foto von ihr gemacht, am Balkon des Hotels, und sie war so hübsch. Dann sind wir am Strand gesessen und haben raus aufs Meer geblickt, auf die rollenden Wellen und auf den Mond.«

Sarah war verwirrt. Was meinte er damit, sie habe am Strand immer so schön ausgesehen? Sarah war der Meinung gewesen, dass der Besucher einer von Miss K.s Söhnen war. Er wirkte so jung. Aber dann erklärte er, er sei einer ihrer Ex-Männer. Sarah sagte: »Oh, ach so, ich wusste nicht, dass sie verheiratet war. Ich weiß nur von ihren Söhnen.« Der Mann blickte verdutzt und sagte, nein. Sie habe nie Kinder gehabt. Es gab keine Söhne. Die Männer, die auf Besuch gekommen waren, um sie zu pflegen, waren lauter frühere Ehemänner. Der Mann lächelte, als er Sarah erzählte, dass Miss K. insgesamt sechs Mal verheiratet gewesen war.

»Oh, sie muss eine phänomenale Frau gewesen sein«, sagte Sarah. Und der Mann schüttelte den Kopf: »Ja, war sie. Wir kümmern uns alle um sie.« An diesem Abend blickte Sarah, als sie über den Parkplatz zu ihrem Auto ging, zum Mond hoch, und es war derselbe Mond wie vor zehntausend Jahren. Derselbe Mond, wie ihn die Menschheit seit Anbeginn der Zeiten betrachtet hatte.

Miss K. kam nie wieder an einen Strand. Eine Woche verging, dann eine zweite, dann war es ein Monat und schließlich zwei – Miss K. war immer noch in der Intensivstation. In der letzten Woche ihres Lebens war sie an ein Beatmungsgerät angeschlossen. Eines Abends kam Sarah nach Hause und erzählte, Miss K. sei gestorben. Es sei der seltsamste Tod gewesen, den sie je mitangesehen habe. Ich wollte wissen, warum. Sarah dachte an die Menschen, die sie selbst verloren hatte. Sie sah ihren Vater. Er war krank und sie konnte ihm nicht helfen. Sie sah ihre Mutter und sie war krank und Sarah konnte ihr auch nicht helfen. Sarah sah ihre eigenen Kinder krank und sie konnte ihnen nicht helfen. Sarah sagte, Miss K.s Tod sei deshalb so seltsam gewesen, weil so viel Liebe im Zimmer gewesen war. All ihre heute noch lebenden Ehemänner waren um ihr Bett versammelt, nahmen der Reihe nach an ihrer Seite Aufstellung, dann beugten sie sich zu ihr und verabschiedeten sich. Einige weinten, andere flüsterten »Ich liebe dich« und hielten sie und berührten ihre Stirn und küssten sie auf die Wange. Und Miss K., die sich seit Wochen kaum mehr bewegt hatte, ließ so etwas wie ein Lächeln erkennen. Die Ehemänner hielten einander an den Händen, rund ums Bett.

Sie hielten sich an den Händen und schwankten, und einer der früheren Ehemänner, der ein Prediger gewesen war, rief »Hallelujah«. Es war kein Tag der Trauer, sondern der Freude. Bald würden sie alle nach Hause gehen. Er löste die Berührung und sagte: »Geh nun, meine Liebe. Geh da hin, wo wir alle noch jung und verliebt sind.« Da erhob Miss K.

ihre Arme und Sarah wünschte sich tausend Ehemänner. Sarah wünschte sich zehntausend Ehemänner, die ihr Liebeslieder sangen, und sie sah eine Million Ehemänner, die sie umstanden und sie alle wollten und auf sie warteten. Sie alle warteten auf ihre Liebe.

Einige Monate später hörte Sarah eine Geschichte über Miss K.s Ex-Männer. Angeblich lebten sie alle zusammen in Miss K.s Haus. Inzwischen waren nur noch drei von ihnen übrig, aber sie waren alle zusammen. Sie kümmerten sich umeinander. Es gab ihnen ein Gefühl der Nähe, in der Umgebung jener Dinge zu leben, die Miss K. geliebt hatte.

In den darauffolgenden Jahren musste Sarah immer wieder mitansehen, wie die von ihr geliebten Wesen älter wurden und starben. Es begann damit, dass Mr King eines Tages nicht mehr gehen wollte. An den Abenden lag er bei meinen Füßen, und unser zweiter Hund, Bertie, kam zu ihm und leckte ihm die Augen. Bertie war seine Schwester.

Bertie leckte die leere Augenhöhle und dann leckte sie das Auge, das nichts mehr sah. Sie leckte die schwärzliche Substanz, die aus der leeren Augenhöhle kam, und sie leckte auch Kings Ohren, die immer merkwürdig rochen und etwas Bräunliches absonderten.

Dann kümmerte sie sich wieder um die Augenhöhle und King atmete tief ein und aus, wurde aufgeregt und dann schläfrig und dann gähnte er und man konnte das Innere seines Mauls sehen, mit den wenigen verbliebenen Zähnen. Manchmal jammerte er auch leise vor sich hin. Er jammerte darüber, dass die Welt so dunkel war. Neuerdings hatte er Angst vor der Dunkelheit.

Aber seine Schwester saß bei ihm und badete ihn.

»Oooh«, sagte Sarah. »Wie lieb von ihr.«

Ich meinte, sie täte es nicht aus Fürsorge, vermutlich schmeckte Kings Fell einfach salzig und sie mochte den Geschmack, und wir verwechselten das mit Liebe. Ein Irrtum. Aber Sarah antwortete, dass vielleicht sogar Ameisen das Leben spüren und wir bloß nicht mit ihnen kommunizieren können.

Ich musste lachen und sagte, wir seien alle Tiere, die leere Augenhöhlen lecken.

Eines Abends schließlich teilte ich ihr mit, die Zeit sei gekommen, King müsse eingeschläfert werden. Er habe ein langes Leben gehabt, aber nun leide er nur noch.

Sarah fragte, worin denn sein Leiden bestehe. Sie hielt ihn immer noch für das glücklichste Tier, das sie kannte.

»Er sitzt einfach gern da und existiert.«

»Weil er blind ist«, sagte ich.

Aber Sarah meinte, King habe so ein schweres Leben gehabt und ich sei doch bloß eifersüchtig, weil ich immer noch glaubte, sie habe ihn lieber als mich. Sie wolle ihm mehr Zeit auf Erden geben, mehr Zeit, um Liebe und Leckereien zu genießen.

Ich erwiderte, seine Zähne seien ausgefallen. Ohne seine Zähne könne er überhaupt nichts mehr richtig genießen.

Aber ich willigte ein, ihn am Leben zu lassen.

Jeden Morgen hob ich ihn hoch und brachte ihn raus, damit er pinkeln konnte. Dann zu Mittag wieder, damit er pinkeln und scheißen konnte, das heißt, sofern er nicht bereits irgendwo im Haus geschissen hatte, und am Nachmittag brachte ich ihn raus zum Pinkeln und Scheißen und ein letztes Mal am Abend. Aber nun ging er nur noch im Haus aufs Klo. Die ganze Zeit. Malheure. Eines Nachts blickten wir zu ihm und er schlief und Scheiße quoll aus ihm heraus. Das Haus stank. Die Scheiße kam aus seinem Körper wie ein riesiger Kotwurm, und er wusste oder merkte es nicht einmal.

Er schlief.

Wir liefen auf und ab.

Ich reinigte ihn, und ein paar Minuten später passierte es wieder. Die nassen Kotbatzen tröpfelten aus seinem Arsch und klatschten wie Keksteig auf den Holzboden. Ich musste ihn vors Haus bringen.

Mein Schwiegervater war gerade auf Besuch. Elphonza.

Er saß auf der kalten Veranda, kaute seinen Nikotinkaugummi und sah mir dabei zu, wie ich Kings Hintern mit Taschentüchern abwischte und ihn hinterher mit dem Gartenschlauch abspritzte.

King schaute drein, als wollte er sagen: »Ist das das Ende? Ja, vielleicht ist das mein Ende. Ich bin vor langer Zeit geboren worden, aber nun scheint es gar nicht so lang her.«

Ich blickte zu Elphonza, dessen Freundin Dagmar vor Kurzem an einem Gehirntumor gestorben war. Er zeigte mir ein Foto von ihr, das ein paar Monate vor ihrem Tod aufgenommen worden war. Ich erkannte sie gar nicht. Ihr Kopf war angeschwollen wie eine faulige Melone, mit zwei Hautfalten als Augen.

Sie sahen aus wie Schnitte.

Ihr Kopf war fast so groß wie ihr Körper.

»Das war wegen der Steroide«, sagte er. »Die haben sie so anschwellen lassen.« Dann reichte er mir sein Handy und ich schaute das Bild an. »Das Leben ist schon komisch, oder?«, sagte er.

Ich betrachtete ihren Kopf, er war so angeschwollen, und ihr Gesicht war angeschwollen – und wer hätte das je vorausahnen können, damals, als sie als Baby über die deutsche Grenze geschmuggelt worden war, versteckt in einem Koffer. Ihre Mutter gab ihr so viel Schnaps zu trinken, dass ihr Vater um ihr Leben fürchtete. Sie gaben ihr den Schnaps, damit sie bewusstlos wurde und die Flucht ohne zu schreien verschlief.

»Du wirst sie umbringen«, sagte ihr Vater. »Sie ist noch ein Baby.«

»Wir sind bereits tot«, antwortete die Mutter, während die Schreie des Babys leiser und leiser wurden und es schließlich einschlief. In dem Bild, das Elphonza mir zeigte, sah Dagmars Kopf wie ein verfaulter Kürbis aus. Und ihr Blick war derselbe wie der von Mr King. Beide Bilder sagten: »Ist das die Art, wie mein Leben aufhören wird?«

King war nun ganz sauber und ich ging ins Haus und weinte. Ich wiederholte, dass wir ihn einschläfern lassen müssten. Sarah weinte ebenfalls, aber sie bat mich um eine weitere Woche. Und so versuchte Sarah diese letzten Tage in Kings Leben möglichst schön zu gestalten. Jahrelang hatten wir behauptet, dass King unsterblich war und wir sein wahres Alter gar nicht wüssten. Wir stellten ihn uns in History-Channel-Dokus vor, an der Seite Alexanders des Großen und seiner Makedonier. An der Seite Hannibals und seiner Karthager. Wir stellten ihn uns in der Zukunft vor, mit den Aliens. Er war 256 Jahre alt. Sarah bereitete Hamburger-Steaks für ihn zu und als ich ihm Bier gab, protestierte sie nicht. Mr King und ich feierten jeden Tag bis tief in die Nacht, und ich erzählte ihm Geschichten aus meinem Leben und wie ich der Frau begegnet war, die seine letzte Mutter werden sollte. Jeden Morgen nahm sie ihn auf Ausflüge mit und machte das, was er am liebsten hatte: Er lag stundenlang auf ihrem Schoß und sie kraulte ihn. Er schnurrte und gurrte und sie hielt ihn wie ein Baby.

Mr King war ihr Baby.

Er schlief in ihren Armen wie ein riesiges fettes Baby und sein Gesicht sagte: »Vielleicht ist das gar nicht das Ende. Vielleicht ist es bloß ein Anfang.«

Aber gegen Ende der Woche war alles anders. Er konnte nun gar nicht mehr laufen oder sich auch nur mit den Vorderpfoten hochstemmen. Eines Nachmittags sahen Sarah und ich, wie er auf den Vorderpfoten mühsam durch den Raum robbte und dabei seinen leblosen Körper nachzog. Sarah wollte es ignorieren, aber dann bemerkte ich etwas, das er auf dem Boden hinterließ.

Ich hob Mr King hoch und sah, was es war. Es war überall auf meinen Händen und Armen und auf meinem Hemd.

Es war Blut.

Er hatte seine Hüften blutig gerieben. Ich sagte, es sei Zeit, die Tierärztin anzurufen. Am nächsten Morgen tat sie es.

Sarah weinte, als sie sich von Mr King verabschiedete. Sie sagte ihm, sie hoffe, dass ihm seine letzten Tage ein wenig Linderung gebracht hatten, und sie entschuldigte sich für den Fall, dass ihr weiches Herz sein Leiden bloß verlängert hatte. Sie sagte, er sei ein braver Junge mit dem freundlichsten Wesen, das ihr je begegnet sei, und dann küsste und umarmte sie ihn und ging fort und schloss die Schlafzimmertür hinter sich.

Ich hörte sie weinen.

Unser anderer Hund, Bertie Mae McClanahan, war draußen vor dem Haus an der Kette, als sie sich von dem sonderbaren Hund verabschiedete, der nichts sehen konnte und Angst vor der Dunkelheit hatte. Sie saß da und blickte hoch zu dem, was früher einmal seine traurigen Augen gewesen waren. Ich stellte King vor sie hin. Sie leckte ihm ein letztes Mal die Augenhöhlen.

Dann blickte Bertie zu mir und sie sagte: »Man wird so schnell einsam auf der Welt, Scott McClanahan. Warum müssen wir jemanden verlieren?« Ich antwortete ihr nicht.

Ich brachte Mr King ins Auto und fuhr mit ihm zur Tierärztin. Ich ließ ihn raus, und er tat etwas, das er immer gern getan hatte: Er ging ins Gras in der Ecke des Parkplatzes und hob sein Bein und pisste. Sein Gesicht strahlte vor Freude, als wäre es das herrlichste Pissen seines Lebens. Er sagte: »Ist Pissen nicht fantastisch?« Ich sagte, ja, Pissen ist tatsächlich fantastisch. Dann brachte ich ihn in die Ordination. Mr King saß auf meinem Schoß, aber er war ganz still geworden. Neben uns war ein kleines Mädchen, das zu ihm herüberblickte. Sie war sicher nicht älter als sechs. Sie sagte: »Der Hund schaut komisch aus. Er schaut alt aus.«

Ich sagte, ja, er ist alt.

Sie fragte, wie alt, und ich antwortete: »Sein Name ist Mr King und du glaubst mir wahrscheinlich nicht, aber er ist 256 Jahre alt.«

Das Mädchen lachte und sagte: »Ist er nicht. Er ist eher so 500 Jahre alt.«

Und sie lachte und ich lachte und die ganze Zeit starrte sie Mr Kings Auge an. Sie fragte: »Warum ist sein Auge weg? Warum ist er blind?«

Ich blickte nach unten und sagte: »Oh Gott. Sein Auge fehlt. Und ich hab mich immer gefragt, warum er nichts sieht. Danke für den Hinweis.«

Sie lachte auch darüber und dann sagte ich: »Vermutlich hat er zu viel gesehen im Leben.«

Dann war es Zeit, zur Tierärztin hineinzugehen. Ich verabschiedete mich von dem Mädchen und ging los. Die Tierärztin fragte mich, wie es ihm gehe, und ich beschrieb es ihr. Sie sah traurig aus und fragte, ob ich dabei sein wolle. Ich sagte Ja. Ich wollte in seinen letzten Augenblicken bei ihm bleiben. Ich hätte es Sarah versprochen. Die Tierärztin streichelte Mr King und sagte: »Er hatte ein gutes und langes Leben.«

Dann war die Spritze in ihrer Hand und nun befüllte sie sie. Ich streichelte King die ganze Zeit und redete mit ihm. In meinem Kopf wiederholte ich: »Musst keine Angst haben, Mr King. Musst keine Angst haben.« Ich sprach mit mir selbst.

Aber Mr King bekam Angst. Ich würde gerne erzählen, dass er ruhig blieb und einfach seine Augen schloss und einschlief. Ich würde euch gern erzählen, dass er einfach wegglitt. Dass er meine Hand leckte und mir zeigte, dass er mich liebte. Aber so geschah es nicht. Er starb folgendermaßen.

Die Tierärztin steckte die Nadel in seine Haut und King bekam Panik. Er warf sich herum. Er schüttelte den Kopf und war plötzlich so stark, dass er beinahe vom Tisch entkam. Ich versuchte ihn niederzuhalten, so gut es ging, aber die Tierärztin musste ihre Assistentin rufen, die hereinkam und ihn ebenfalls festhielt. Die Tierärztin drückte die Nadel hinein und Mr King stemmte sich auf seinen Vorderpfoten hoch und warf seinen Kopf hin und her. Und er tat noch etwas. Er versuchte, mich zu beißen. Er war blind, also sah er nicht, was er zwischen die Zähne bekam, und dann fiel er auf den Tisch und begann, in einem Krampfanfall zu zittern. Er verbiss sich in die eigene Zunge und dann wich das Leben aus ihm.

Blut tropfte von seiner Zunge und Galle schäumte um die Lefzen und auch aus dem Auge quoll etwas.

Ich saß noch eine Weile neben ihm. Die Tierärztin fragte, ob ich ihn mit nach Hause nehmen oder hier bei ihr entsorgen lassen wolle, und ich sagte, ich würde ihn mitnehmen. Sie legten ihn in einen riesigen Plastiksack. Dann legten sie ihn in eine weiße Schachtel. Sie überreichten mir die Schachtel. Und dann machte ich einen Fehler. Anstatt den Seiteneingang zu nehmen, nahm ich denselben Weg, über den ich gekommen war. Da saß das kleine Mädchen von vorhin und blickte zu mir hoch.

»Wo ist der blinde Hund?«

Ich sagte nichts. Sie sah die weiße Schachtel und wusste alles.

Dann kam die Assistentin mir nach und sagte: »Sir, die Kinder. Bitte nehmen Sie den Seitenausgang.« Aber ich war bereits durch den Vorderausgang gegangen. Ich legte King in den Kofferraum und ging noch einmal ins Gebäude, um zu bezahlen. 35 Dollar kostete es, dass sie sein Leben angehalten hatten.

Als ich ihn nach Hause brachte, stand Sarah vor der Glastür auf der Veranda. Sie sah uns und bedeckte ihr Gesicht mit beiden Händen und lief ins Haus. Ich legte Mr King und Mr Kings Schachtel unter den Hartriegelbaum und ging dann ebenfalls ins Haus. Sarah ging in der Küche auf und ab, und ich konnte nicht verstehen, was sie zu sagen versuchte.

Ich hörte ein »Ist er weg?« Dann ein: »Wo ist er? Wo ist er?«

Ich zeigte es ihr. Sie blickte zum Baum.

Dann wimmerte sie: »Wie…? Bubbies, wie ist das…?«

Ich erklärte ihr, er sei ganz friedlich von uns gegangen. Er sei einfach eingeschlafen. Er habe überhaupt nichts gespürt. Er habe nicht aus Angst vor der Dunkelheit gewimmert, sondern habe seine Beine bewegt, als würde er laufen. Als könnte er endlich wieder sehen. Als wäre er frei.

Sarah wischte sich den Rotz von der Nase. Nun war alles auf ihrer Wange. Ich wischte es ab. Sie brachte mir Kings Lieblingsdecke, die nach Urin roch, und dann gab sie mir eine seiner Babypuppen und ein paar

Leckereien. Ich ging nach draußen und die weiße Schachtel leuchtete unter dem Hartriegelbaum. Die weißen Blüten fielen vom Baum auf die Erde rund um ihn und ich legte die Dinge, die Sarah mir gegeben hatte, in die Schachtel und dann trug ich die Schachtel über den Hügel. Ich begrub den Inhalt der Schachtel, aber es war so heiß, dass ich zu schwitzen begann und mich das Graben rasch erschöpfte. Meine Arme schmerzten. Jedes Mal, wenn ich die Schaufel ins Erdreich stieß, fühlte es sich an, als würde ich auf Zement treffen.

Schließlich hörte ich auf.

Ich sagte: »Das ist jetzt wirklich tief genug.«

Dann hielt ich die Grabrede. Ich sagte ihm, Gott zeige uns seine Liebe durch Leiden, aber wir seien lebendige Materie und könnten das nicht verstehen. Unser Leiden sei eine Umarmung Gottes und eines Tages würden wir das auch einsehen, aber dann hörte ich damit auf und entschuldigte mich bei King, da ich gar nicht an Gott glaubte.

Dann verließ ich die Stelle. Einige Tage vergingen. Wir sprachen nicht mehr über King. Im Haus roch es nicht mehr nach Urin. Aber eines Tages beschloss ich, nach ihm zu sehen. Es war etwa ein Monat nach seinem Tod und ich wollte die Grabstelle besuchen. Also stieg ich über den Hügel, durch Gebüsche und Dornen und Unkraut.

Ich sah, dass das Erdreich weggespült worden war.

Viel Wasser war hier durchgelaufen und irgendetwas stimmte nicht – ich hatte ihn am Fuße des Hügels beerdigt, gleich neben einem Abflusskanal und einer sumpfigen Stelle. Mr King lag nicht mehr in der Erde. Sein Grab war offen und ausgespült. Die Schachtel hatte sich in matschige Kartonfetzen aufgelöst und Mr Kings Körper ragte aus ihnen. Ich konnte seine verfaulte Haut im aufgeplatzten schwarzen Plastiksack hervorschimmern sehen, und da war die rote uringetränkte Lieblingsdecke, ebenfalls verfault. Der Gestank würgte mich.

Dieser Todesgeruch war eine Mischung aus allerlei Süßlichem, wie Lakritze und noch irgendwas. Etwas aus der Dunkelheit. Ich band den

Plastiksack zu und drückte Mr King zurück in die Erde. Es fühlte sich an wie ein Sack voller nasser Handtücher. So begrub ich ihn ein zweites Mal. Ich fragte mich, ob wirklich der kleine wasserbedingte Erdrutsch der Grund gewesen sein konnte. Möglicherweise war Mr King von den Toten auferstanden, aus eigenem Willen. Nachdem ich ihn ein zweites Mal beerdigt hatte, rollte ich einen riesigen Stein auf die Grabstelle, damit ich sie später leichter fand. Als ich ein paar Monate später wieder hinging, lag wieder dasselbe Problem vor. Nur dass diesmal auch der Stein fortgerollt worden war. Das Grab lag offen da und Mr Kings Körper war fort. Vielleicht war er auferstanden. Oder vielleicht hatten ihn irgendwelche wilden Tiere nachts fortgezerrt. Solche Dinge passieren den hilflosen Wesen der Erde.

In dieser Nacht träumte ich, dass wir alle Magnete waren. Alle lebenden Wesen waren Magnete und vom Augenblick unserer Geburt an wurden wir durch unsichtbare Kräfte zueinander hingezogen. Ich war ein Magnet und Sarah war auch ein Magnet. Bücher waren Magnete. Endlich hatten wir einander gefunden.

In diesen letzten Tagen dachte ich: Was soll ich nur machen? Ich wollte meinen Eltern nicht sagen, dass das offizielle Scheidungsdatum bereits feststand, ich wollte ihnen nicht wehtun. Ich behauptete ihnen gegenüber immer noch, dass wir nur getrennt lebten und sich schon alles wieder einrenken würde. An einem Wochenende fuhr ich mit den Kindern zu ihnen auf Besuch und versuchte, mir eine Vorgehensweise auszudenken. Eines Nachts wachte Sam gegen zwei Uhr auf und war nicht mehr dazu zu bringen, einzuschlafen. Ich sang ihm vor und gab ihm sein Fläschchen, aber er schlief einfach nicht ein. Ich sagte zu ihm: »Mach so weiter und du kriegst noch ein Schütteltrauma.« Sam lachte nicht. Er blickte mich von unten an, mit einem Gesicht, das sagte: »Darüber macht man keine Witze, Fettsack.« Ich wiegte ihn noch eine Weile und berührte ihn an der Stirn, als wäre ich ein Babyflüsterer. Er fing zu lächeln und zu kichern an und war noch immer hellwach. Er blickte zu mir hoch: »Was willst du machen, hm? Du bist total im Arsch.« Ich sagte mir, dass er nur ein Baby war und nicht einmal sprechen konnte, aber ich stellte es mir dennoch die ganze Zeit vor.

Ich trug ihn ins Badezimmer und setzte ihn dort auf den kalten Fliesenboden neben der Toilette. Dann kniete ich mich hin und fing an zu würgen. Ich stützte mich mit beiden Händen auf die Klobrille. Sam beobachtete mich. Eines meiner Würgegeräusche geriet mir so laut, dass er zu weinen begann. Ich klopfte ihm auf den Rücken und sagte: »Daddy hat nur eine Panikattacke. Brauchst keine Angst zu haben. Daddy kriegt sich gleich wieder ein, versprochen.« Ich flüsterte ganz leise, aber Sam beruhigte sich nicht. Ich versuchte, mit ihm zu diskutieren, und sagte: »Ach, komm schon, Sam. Bist du ein Baby oder ein Mann?« Sam blickte mich an mit seinen braunen Augen und sagte: »Ich bin ein Baby.« Dann weinte er weiter. Ich versuchte, ihn zu beruhigen und außerdem nicht zu vergessen, dass er nicht sprechen konnte und bloß ein Jahr alt war. Ich konnte hören, wie er über mich urteilte: »Vor ein paar Tagen hast du sogar diesen Anhalter mitgenommen, als du allein warst, und ihr habt euch betrunken.«

Ich argumentierte, dass nichts daran verkehrt war, einen Anhalter mitzunehmen. Und dass meine Mutter gesagt hätte: »Es hätte Jesus sein können.« Und ich erzählte ihm, was der Anhalter gesagt hatte: »Gott wird Sünden dir verzeihn, wenn du Gin trinkst oder Wein.« Aber Sam fiel nicht darauf herein. Ich beugte mich wieder über die Toilette und würgte schwärzliche Galle hoch. Sie fiel ins Wasser und machte dabei ein Geräusch, als klatsche jemand in die Hände. Ich betrachtete die Kotze. Sie schwamm an der Oberfläche und trieb hin und her, und von dem Anblick wurde mir noch übler. Dann, auf einmal, fing die Kotze zu lachen an. Und Sam und die Kotze lachten zusammen. Sie sagten: »Was machst du jetzt, hm? Fettsack. Du bist total im Arsch.« Sam blickte mich an, als würde er sagen: »Hoffentlich kriege ich bald einen neuen Stiefvater. Einen, der keine Panikattacken hat, sondern reich ist. Wahrscheinlich nehm ich seinen Nachnamen an. So einen richtig coolen Nachnamen. McClanahan ist so ein scheiß Name. Ja, ich will einen reichen Stiefvater. Ich will einen BMW.«

Ich wischte meinen Mund sauber und lehnte mich an die Wand. Ich antwortete: »Ein guter Ruf ist köstlicher als großer Reichtum.«

Jemand klopfte an die Tür. Es war meine Mutter. Ich lauschte den Klopfzeichen und dann sagte meine Mutter: »Alles okay bei dir, Scott?« Sie verwendete die Stimmlage, die sie immer verwendet hatte, wenn ich mich mit dreizehn im Badezimmer eingesperrt hatte, mit dem Sears-Versandhauskatalog. »Alles okay da drinnen? Warum hast du den Katalog mitgenommen?« Ich konnte natürlich nicht antworten, dass der BH-Teil des Katalogs mein ganzes Leben verändert hatte und ich nun eine Aufgabe hatte. Ich konnte nicht sagen, dass der BH-Teil meinem Leben Zauber verliehen hatte. Nun waren seitdem zwanzig Jahre vergangen und meine Mutter fragte immer noch: »Alles okay bei dir?« Sam hatte diesen Blick, als wüsste er, dass sie alles herausfinden würde. Meine Mutter sagte: »Ist dir schlecht geworden?« Meine dreizehnjährige Jungenstimme kam von sehr weit her. »Nein, Mama. Gott. Lass mich in Ruhe.«

Aber ich sagte es nicht. Stattdessen antwortete ich »Ja«, und sie öffnete die Badezimmertür und kam herein in Nachthemd und Bademantel. Sie sah viel älter aus. Ihr Haar war nicht einmal mehr grau. Es war weiß. Sie hatte ihr Leben damit zugebracht, mir beim Älterwerden zuzusehen, aber ich hatte auch mein Leben damit zugebracht, ihr beim Älterwerden zuzusehen. Ich erhob mich und würgte über der Toilette. Sie legte ihre Arme um mich. »Was hast du denn, Scott? Was ist passiert?« Sie hob Sam vom Boden auf und drückte ihn an ihre weiche Omabrust. Sie war eine Bärenmama. Dann setzte sie sich neben mich auf den Boden und ich fühlte ungeheure Scham. Ich weinte und schlug mir mit dem unteren Teil meiner Handflächen die Tränen aus dem Gesicht. Ich sagte ihr, ich sei ein Dornenbusch in einem Sturm, und musste lachen, weil ich nicht wusste, was das bedeutete, und sie flüsterte: »Was? Erzähl mir, was los ist, Scott. Erzähl es mir.« Also erzählte ich ihr, dass Sarah und ich die Scheidungspapiere bereits unterschrieben hatten und das offizielle Scheidungsdatum feststand. Ich sagte, dass Sarah mir erklärt hatte, sie hätte mich seit zwei Jahren nicht mehr geliebt.

Meine Mutter blickte ihr Kind an, das inzwischen ein Mann war, und das Kind sah sie an und weinte. Und sie konnte ihm nicht helfen. Sie hielt Sam und wiegte ihn in ihrem Schoß und sagte, sie hätte schon gemerkt, dass irgendetwas nicht in Ordnung sei. Sie sagte, dass Sarah sie, als sie sie zum letzten Mal gesehen hatte, angeblickt hätte, als wäre es wirklich das letzte Mal. Ich hörte ihr zu. Sie fragte mich, ob ich wirklich alles versucht hätte.

Ich antwortete, ich hätte ihr Freiraum gegeben. Aber in meinem Kopf war die Sam-Stimme, die sagte: »Neulich hat er sogar ihren Vater angerufen. Ha. Was für ein erbärmlicher Schwächling.« Aber dann sah ich, dass Sam schlief und er überhaupt nichts dergleichen sagte und stattdessen alles aus mir selber kam, weil ich den Verstand verlor. Ich starrte auf die Füße meiner Mutter und es waren dieselben Füße wie damals, vor sehr langer Zeit. Das war etwas, das wir immer wiedererkannten, egal wie viel Zeit vergangen war: unsere dämlichen Füße. Meine Mutter lackierte sich die Fußnägel immer noch auf dieselbe Weise wie in meiner Kindheit, und Sam sagte derweilen immer noch nichts und hatte sich wieder in ein Baby zurückverwandelt. Ich erzählte meiner Mutter, dass ich Elphonza angerufen hatte, weil ich mir anders nicht zu helfen wusste, vielleicht wusste ja er eine Möglichkeit, Sarah umzustimmen. Sie wollte wissen, was er gesagt hatte, und ich sagte: »Er hat gesagt, ich soll mich um mich selbst kümmern.« Dann listete meine Mutter ihre eigenen Beschwerden auf. Sie sagte, ich sei unwirsch und abweisend und manchmal anstrengend im Umgang und fügte dann in ihrer Mutterstimme all die anderen Dinge hinzu, die mit mir nicht stimmten. Sie ließ mich wissen, ich sei nicht klüger als Gott. Ich stimmte ihr zu.

Nun fing ich an zu hyperventilieren: »Hii hii hoo hoo, hii hii hoo hoo«, als würde ich ein Kind gebären. Ich beugte mich über die Toilette und würgte *ngaah*, aber Sam erschreckte sich vor dem Geräusch und öffnete die Augen. Dann schlief er wieder ein. Ich ließ mich auf meine Knie nieder und meine Mutter fasste um mich herum und tat etwas sehr

Nettes. Sie drückte auf die Spülung und ich sah, wie der Inhalt nach unten verschwand. Während sich die Toilette zischend mit Wasser füllte, lehnte ich mich an die Wand und weinte. »Ich liebe sie so sehr, Mom. Ich liebe sie so sehr.« Meine Mutter berührte meine Hand und sagte das Einzige, was ihr zu sagen blieb: »Natürlich liebst du sie, Scott.« Dann berührte sie mich im Gesicht und wir sprangen in der Zeit zurück. Ich fragte: »Was soll ich jetzt machen, Mom?« Ich sagte es wie ein Mann, der sein Gedächtnis verloren und alle möglichen Dinge vergessen hatte.

Ich hatte vergessen, dass meine Mutter 33 Jahre lang Kinder unterrichtet hatte, bis sie selbst wieder ein Kind wurde. Sie blickte mich an, als wäre ich ein Idiot: »Was wir jetzt machen?« Sie wusste, was wir machen würden. Sie sagte: »Erstens: schlafen gehen. Geh ins Bett und versuch zu schlafen. Zweitens: Ich werde mit Sam aufbleiben.«

»Und morgen dann?«, fragte ich. »Morgen«, sagte sie. »Wer weiß.«

Mom überreichte mir Sam und ich hielt ihn. Er döste immer noch. Sie versuchte, vom Boden aufzustehen. »Uuuuh, alt werden ist echt nicht lustig«, sagte sie. Sich auf einem Knie in die Höhe zu stemmen, funktionierte nicht. Ich drückte ihren Hintern in die Höhe und versuchte zu helfen und dabei starrte ich die Rückseite ihrer Beine an, mit den violett und blau und schwarz zerfaserten Venen. Sie schaffte es auf alle Viere und hockte da und streckte mir ihren Hintern entgegen und dann erhob sie sich, wie es Kleinkinder machen, wenn sie ihre ersten Schritte wagen. Sie wandte sich an den schlafenden Sam und sagte: »Die Oma ist nicht mehr so beweglich, wie sie es mal war, Sam. Sie wird langsam alt.« Dann stand sie aufrecht und nahm mir das Baby aus den Armen und wiederholte ihren Plan. Ich sollte ins Bett gehen und sie würde mit Sam im Wohnzimmer sitzen.

Ich ging ins Schlafzimmer, legte mich hin und versuchte zu schlafen. Ich legte mir die Polster übers Gesicht und wartete. Ich schaltete den kleinen Zimmerventilator ein, den meine Mutter in die Ecke gestellt hatte, um damit die Nachtgeräusche des Hauses zu übertönen. Dann schloss ich die Augen und dachte an die beiden, drüben im Wohnzimmer. Meine Mutter sitzt in dem abgedunkelten Raum und wiegt Sam hin und her. Sie singt für ihn die Lieder, die sie früher mit den Erstklässlern gesungen hat. *The Itsy Bitsy Spider* und *Feed the Birds*. Sie war 63 Jahre alt und ich brauchte wieder ihre Hilfe. Wir zogen gemeinsam Kinder auf.

Am Morgen der Scheidungsverhandlung war ich spät dran, weil ich Sarah einen Liebesbrief geschrieben hatte. Natürlich hatte ich ihr seit Monaten erklärt, dass niemand sie je so lieben würde wie ich. Sie reagierte immer amüsiert und sagte: »Gott sei Dank. Das will ich doch hoffen.« Am Morgen der Verhandlung stand ich auf und schrieb: »Ich weiß, du hast gesagt, dass ich dir keine Liebesbriefe mehr schreibe, aber ich will versuchen, das zu ändern.« Ich beendete den Brief und drückte auf Senden und stellte mir vor, wie sie ihn las und ihre Entscheidung änderte. Ich zog mir denselben Anzug wie bei unserer Hochzeit an, auch dieselbe Krawatte. Als ich beim Gericht ankam, sah ich, dass Sarah geweint hatte.

Ich sagte, ich hätte ihr ein E-Mail geschickt, und sie sagte: »Was?«

Ich sagte, ich hätte ihr ein E-Mail geschickt und wüsste gerne, ob sie es bekommen hat. Sie sagte, ja, sie habe es gesehen.

Ich wollte sie fragen, was der Brief in ihr ausgelöst habe, aber tat es nicht. Wir saßen einfach nebeneinander im Wartebereich des Gerichtsgebäudes in Beckley, West Virginia, und Sarah entdeckte eine alte Frau im Korridor. Die alte Frau rief: »Sarah! Dich hab ich ja seit Jahren nicht gesehen.« Es war Sarahs alte Babysitterin. Es war einige Jahrzehnte her. Sarah sagte: »Hallo.«

Die alte Babysitterin sagte: »Wie geht's dir denn? Und was machst du so?«

Sarah lächelte und sagte: »Ach, na ja. Ich bin hier für meine Scheidung.« Und Sarah lachte und ich lachte. Die Babysitterin stand mit offenem Mund da, aber dann lachte sie auch. Sarah deutete auf mich und sagte: »Mir geht's mies, aber zumindest nicht so mies wie ihm hier. Er droht ständig damit, sich das Leben zu nehmen, und ich denke, er meint es ernst.« Die frühere Babysitterin wusste nicht, was sie darauf antworten sollte. Sarah und mir kam dieses Gespräch, gemessen an den Umständen, recht normal vor, und ich nickte freundlich und lächelte, weil es stimmte. Die Babysitterin sagte zu Sarah, es sei schön gewesen, sie zu sehen, und ging davon.

Ich wollte wieder nach Sarahs Meinung zu meinem Liebesbrief fragen. Ob er ihr gefallen hatte. Aber ich tat es nicht. Stattdessen streckte ich meine Arme aus und zeigte ihr meinen Hochzeitsanzug. Ich fragte sie, ob sie ihn wiedererkenne.

Sarah sagte: »Ja. Der schlimmste Tag meines Lebens.«

Darüber lachten wir beide und in diesem Moment wurden wir vom Gerichtsdiener aufgerufen. Bevor wir den Raum betraten, sah ich, wie Sarah sich in eine Ecke drehte und schluchzte. Der Gerichtsdiener gab ein verhaltenes Rülpsen von sich. Er blickte mich an und ich blickte ihn an. Ich tätschelte Sarah den Rücken und sie tupfte sich das Gesicht mit einem zerknüllten Taschentuch ab. Ich klopfte ihr weiter auf den Rücken und schließlich blickte sie zu mir hoch und als sie das Taschentuch von ihrem Gesicht zog, sah ich, dass sie Rotz im Gesicht hatte. Ich wollte ihn ihr gern wegwischen, aber wusste nicht, ob es eine gute Idee war. Denn immerhin ließen wir uns hier scheiden und am Ende verleihen doch die kleinen Triumphe, wie etwa jemandem den Rotz *nicht* aus dem Gesicht zu wischen, unserem Leben Sinn und Bedeutung. Ein junges Pärchen kam gerade aus dem Büro des Friedensrichters. Sie waren frisch verheiratet und strahlten vor Glück. Sie träumten von ihrer gemeinsamen Zukunft.

Wir betraten den Gerichtssaal und standen vor getrennten Podien. Ich versuchte, nicht die Nerven zu verlieren und Sarah daran zu erinnern, wie sie während des Kindererziehungskurses den Gerichtsdiener dazu gebracht hatte, mich zu entfernen. Der Gerichtsdiener bat uns, die Hände zu erheben, und wir befolgten seine Anweisung. Wir schworen, die Wahrheit, die ganze Wahrheit, zu sagen. Sarah stand mit erhobener Hand da, aber dann musste sie sich die Nase putzen, weil sie immer noch weinte. Sie ließ ihren Arm sinken und putzte sich die Nase, und als sie damit fertig war, hob sie ihren Arm wieder und ließ ihn in dieser Stellung. Alle Anwesenden lächelten und Sarah entschuldigte sich. Wir waren nun eingeschworen und durften uns hinsetzen. Der Gerichtsdiener befahl uns, uns wieder zu erheben. Der Richter betrat den Raum. Wir durften uns hinsetzen. Der Richter verlas unsere Namen und begann dann in einer Sprache zu reden, die sich wie *blah blah blah blah blah blah* anhörte.

Dann stellte er uns Fragen. Er fragte etwas und Sarah antwortete Ja. Dann noch etwas und Sarah antwortete Nein. Dann fragte er mich etwas und ich antwortete Ja. Und noch etwas und ich antwortete Nein. Auf eine Frage antwortete ich Ja, obwohl ich eigentlich Nein hätte sagen müssen, und allen war klar, dass ich Ja hätte sagen sollen, also sagte ich Ja und alle Anwesenden lachten. Der Richter fragte Sarah, ob sie im Augenblick schwanger sei, und sie antwortete Nein. Es war irgendein merkwürdiges antiquiertes Gesetz.

Der Richter ging die Liste mit den Besitztümern durch. Er fragte uns beide, ob wir mit der Aufteilung zufrieden seien. Er fragte Sarah, ob sie irgendetwas zurückhaben wolle, und sie schüttelte ihren Kopf. Im Unterschied zu Sarah weinte ich nicht, was den Richter möglicherweise beeindruckte. Dann ging es um die Kinder und um die Aufteilung des Sorgerechts. Er verlas die Namen der Kinder. Iris McClanahan. Geboren am 24.6.2008. Und Samuel McClanahan. Geboren am 31.12.2010. Als er die Namen der Kinder vorlas, war es, als lese er die Namen von Geiseln vor. Vielleicht war das die Wahrheit.

Er las noch irgendwas anderes vor und Sarah begann wieder zu schluchzen. Diesmal reichte ihr ein Assistent eine Packung Taschentücher und ich stand einfach da. Sarah zog ein Taschentuch heraus und bedankte sich. Jemand anders wischte ihr nun die Tränen weg. Ich blickte zu ihr und sah ihren gesenkten Kopf und aach, könnte ich euch nur beschreiben, wie traurig sie aussah. Selbst heute noch kann ich sehen, wie sie ihren Kopf gesenkt hält. Ich kann diese Erinnerung nicht abschütteln. Der Richter sprach sein Urteil. Er sagte meinen Namen: Scott McClanahan. Er sagte ihren Namen: Sarah McClanahan. Und damit war es erledigt. Als wir den Gerichtssaal verließen, sagte ich zu Sarah, ich wüsste nicht, ob sie schon Gelegenheit gehabt habe, meinen Liebesbrief zu lesen, aber es wäre sehr nett, wenn sie ihn lesen würde. Ich hatte ihn an ihre Mailadresse geschickt. Sie weinte immer noch ein wenig und sagte, sie würde ihn lesen. Dann lächelten wir und ich umarmte sie und wir gingen auseinander.

Ich stellte mir vor, wie sie den Liebesbrief am Abend las und davon zu Tränen gerührt wurde. Ich stellte mir vor, wie sie sich auch das Lied anhörte, das ich ihr geschickt hatte, und dabei flüsterte: »Ich habe ihn verloren. Ich habe ihn verloren.« Ich stellte mir vor, wie sie den Brief immer wieder durchlas und daran dachte, wie gern sie wieder mit mir leben würde, und dass sie einen Fehler begangen hatte. Ich stellte mir vor, wie das Lied in einer fernen Zukunft bei meiner Beerdigung gespielt wurde. Sarah saß irgendwo hinten unter den Trauergästen und ihre Augen füllten sich mit Tränen.

So ging unsere Ehe zu Ende. Zwei Wochen vergingen und Sarah hatte immer noch nicht auf den Liebesbrief reagiert. Eines Abends schickte ich ihr eine SMS und fragte nach, aber es kam keine Antwort. Also loggte ich mich eines Nachts in ihren Mailaccount ein und durchsuchte ihre Mails wie ein verrückter Stalker. Ich sah Mails von Kleidergeschäften, Spammails von Babybedarf-Webseiten, Amazon-Angebote und

Hunderte Mails von Discount-Seiten. Alle sagten dasselbe: »Wenn du nicht einkaufst, wirst du sterben.« Und sie alle waren ungeöffnet. Ich scrollte nach unten und entdeckte den Liebesbrief. Und da war auch das Lied. Sie hatte sie nie geöffnet. Ich musste lachen, denn genau so war das Leben, und ein Teil von mir war nun zu Ende und nichts explodierte und kein Licht wurde offenbart. Ich drückte auf löschen und lachte. Es gab keinen neuen Pfad, keinen neuen Weg. Es gab keine Offenbarung. Da war nur ein dummes Ende und eine kleine Stimme sagte: mehr nicht. Mehr nicht.

Zumindest hatte ich noch meine Kinder. Allerdings schienen sie mich nicht besonders zu mögen. Sie wollten immer nur mit ihrem Großvater rumhängen. »Irgendwann werdet ihr herausfinden, dass Opa nicht der ist, für den ihr ihn haltet«, erklärte ich ihnen an einem Wochenende, als wir nach Rainelle zu ihren Großeltern auf Besuch fuhren. Ich sagte, es sei mir bewusst, dass ich kein guter Vater gewesen war, aber ich wollte es in Zukunft besser machen. Das Wochenende würde schön werden und ich würde mich um sie kümmern. So fuhren wir eine Weile dahin. Dann sagte Iris: »Opa?« Und Sam sagte: »Opa?« Ich blickte in den Rückspiegel und nickte und sagte zu Sam: »Ja, wir gehen Opa besuchen, aber ihr müsst etwas begreifen. Ihr müsst selbstständig denken. Man kann nicht einfach jemandem blind folgen.« Ich sagte: »Opa wirkt cool, weil ihr ihn erst ein paar Jahre lang kennt, aber ich kenne ihn seit 34 Jahren und manchmal kann er ein ziemlich hartherziger Sack sein.« Aber sie hörten mir gar nicht zu.

Wir parkten vor dem Haus und da wartete Opa schon auf uns. »Opa! Opa!«, riefen die Kinder. Und Opa hob Sam aus seinem Kindersitz und ich holte Iris aus dem Auto. Iris verlangte danach, von Opa gehalten zu werden. Also hielt Opa sowohl Sam als auch Iris in seinen Armen und ging mit ihnen zum Haus. Kleine Arschkriecher, dachte ich. Sie betraten das Haus und Opa hielt sie immer noch. Sam tat das, was er immer tat: Er verlangte, kopfüber gehalten zu werden. Opa ließ Sam auf seinen Bauchberg klettern, ergriff seine Knöchel und stülpte ihn auf den Kopf, als wäre Sam ein Turner. In dieser Stellung hielt er den Jungen. Das Ganze sah so aus:

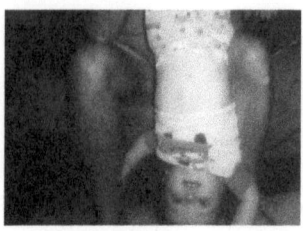

Und Sam tat, was er in dieser Situation immer tat. Er begann, allen Anwesenden Hallo zuzuwinken.

Mein Vater stand da und Sam schwang vor und zurück und auf und ab. Dann tat er das Gleiche mit Iris und Sam sagte: »Kopf über. Kopf über.« Mein Vater wurde müde. Er stellte Sam auf dem Teppich ab und Sam erhob sich sofort wieder und verlangte: »Noch mal. Noch mal.«

Ich saß auf der Couch und sagte zu meiner Mutter: »Ich weiß nicht, ob das eine gute Idee ist.«

Meine Mutter sagte: »Oh, es ist sicher gut für sie. Sie mögen es.«

Ich akzeptierte es. Ich wusste, dass ich mich schlecht verhalten hatte. An einem Wochenende war ich nicht mal aus dem Bett aufgestanden, weil ich zu deprimiert gewesen war. An einem anderen Wochenende hatte ich während des Tischgebets zu heulen begonnen. Und an manchen Wochenenden hatte ich mich für einige Stunden aus dem Haus geschlichen, um mich am Parkplatz von Kroger zu betrinken. Aber ich würde mich bessern. Ich betrachtete den kopfüber vor mir hängenden Sam. Nun tat er etwas Neues. Er aß Kartoffelchips.

Obwohl mein Vater direkt vor mir stand, sagte ich zu meiner Mutter: »Ich glaube, Sam sollte nicht Chips essen und gleichzeitig kopfüber hängen.«

Aber sie sagte: »Na ja, du kennst deinen Papa, Scott. Er hat die beiden so lieb und ein kleiner Kartoffelchip hat noch niemandem geschadet.«

Sie hörten nicht auf. Iris kicherte und lachte und schwang hin und her, aber dann hatte sie genug. Aber Sam wollte nicht aufhören, bis Opa müde wurde und er Sam zurück auf den Teppich zu stellen versuchte. Sam bettelte: »Jetzt ich. Jetzt ich. Noch mal. Noch mal.«

»Opa ist müde«, sagte Opa immer wieder, aber Sam bettelte und bettelte. Also beschloss Opa, sich auf die Couch zu setzen und Sam dort kopfüber hochzuhalten. So konnte er seine Arme auf den Knien abstützen und Kraft sparen. Sam hing da und schwang frettchenhaft hin und her und so ging das zehn Minuten lang. Dann beschlossen sie herauszufinden, ob Sam eine halbe Stunde lang kopfüber dähängen konnte. »Ich weiß nicht, ob wir es wirklich so lange machen sollten«, sagte ich, aber niemand hörte mir zu. Ich wollte sagen: »Ich bin der, der sich um die beiden kümmert. Ich sollte mit ihnen spielen.« Und ich versuchte, mit Iris zu spielen, aber sie wollte lieber mit ihrer Oma ein Buch lesen. Ich sagte mir immer wieder, dass das schon in Ordnung war.

Ich schaute meinem Sohn Sam dabei zu, wie er kopfüber fernschaute. Er trank kopfüber seinen Saft und nahm einen großen Schluck. Ich musste an den ursprünglichen Sam denken, meinen Freund Sam, nach dem ich meinen Sohn benannt hatte. Ich war mit dem ursprünglichen Sam nach Illinois gefahren und wir waren besoffen durch die Gassen von Chicago spaziert und hatten Leuten in Bars unsere Kurzgeschichten vorgelesen. Einmal hatten wir vor unserer Lesung literweise Bier getrunken und sahen einen Streuner, der an uns vorbeilief. Der Hund starrte uns an und wir starrten den Hund an. Dann winkte mein Freund Sam dem Hund zu. Er begrüßte ihn. Der Hund nickte und grüßte zurück. Sam hatte ihm nicht zum Scherz zugewinkt. Er winkte ihm zu, weil der

Hund am Leben war, und wir waren ebenfalls am Leben und waren alle an diesem Punkt der Stadt Chicago aufeinander getroffen und wurden geeint durch unser Leid. Fremde, reich oder arm. Eines Tages würden wir alle dasselbe sein. An jenem Abend zeigte ich bei der Lesung dem Publikum Ultraschallbilder von Iris. Ich sagte den Leuten, ich wolle gerne, dass alle meine Tochter in der Hand hielten, obwohl sie sie gar nicht kannten – obwohl sie noch gar nicht auf der Welt war. Und nun schaute ich meine beiden Kinder an. Die Erinnerung an jenen Tag schien weit in der Vergangenheit zu liegen, verloren in einem anderen Leben, das es nicht mehr gab.

Sam hing kopfüber da, sein Gesicht rot und violett angelaufen, und er schaute fern. »Okay, ich glaube, wir sollten dann vielleicht wieder ...«, sagte ich, aber niemand achtete auf mich. Die Unterarmmuskeln meines Vaters wanden und strafften sich, bis sie wie dicke Seile unterhalb seiner Haut wirkten. »Alles okay, kleiner Mann?«, fragte mein Vater den kopfüber hängenden Sam und der Junge nahm im selben Augenblick einen weiteren Schluck aus seinem ebenfalls kopfüber hängenden Saft und kicherte. Ich hatte langsam genug. Ich sagte: »Okay, jetzt ist Schluss mit dem Blödsinn. Es ist Schlafenszeit. Wir müssen Zähneputzen gehen.« Mein Vater legte Sam hin und sagte, ja, wir müssten uns tatsächlich langsam die Zähne putzen. Aber Sam war wütend und sprang auf und rannte zu Opas Beinen und bettelte. Noch mal. Noch mal. Opa sagte, er solle sich beruhigen.

Sams Gesicht verzerrte sich. Leid und Schmerzen. Dann kamen die Tränen. Sie kamen aus seinen Augen wie das Gift der Speikobra. Ich wurde stinkwütend. Dann begann Sam zu greinen. Ich sagte ihm, er könne so viele Wutanfälle bekommen, wie er wolle, es kümmerte mich nicht. Und ich sagte ihm, dass Opa ihm auch nicht helfen konnte. Ich sei der, der die Verantwortung für ihn hatte, und er müsse ein guter Junge sein. Kein böser Junge. Er weinte in den Armen meines Vaters: »Opa ...«

Ich verließ das Zimmer, da ich schon allmählich zu schreien begonnen hatte. Im Bad half ich Iris mit dem Zähneputzen und hörte im Hintergrund die Stimme meines Vaters, der den weinenden Sam zu trösten versuchte. Nach einer Weile hörte dieser zu weinen auf und bat darum, wieder kopfüber gehalten zu werden, aber mein Vater weigerte sich. Eine Weile schwiegen die beiden und dann hörte ich, wie mein Vater im Ton eines weisen, lebenserfahrenen Mannes sagte: »Es ist okay, Sam. Dein Papa hat recht. Man kann sein Leben nicht kopfüber leben.« Ich stand mit Iris vor dem Spiegel und schaute ihr beim Zähneputzen zu und mir kam vor, als würde ich etwas begreifen. »Er hat recht. Man kann sein Leben nicht kopfüber leben.« Und da meldete sich eine andere Stimme in meinem Kopf: »Oh, aber manchmal kann man es versuchen.«

An diesem Abend ging ich in das Schlafzimmer, wo Iris und Sam und ich alle im selben Bett übernachten würden. Ich deckte sie zu und sagte: »Okay, Guys. Heute war ein schöner Tag. Jetzt ab ins Traumland.« Ihre Großmutter kam und deckte sie zu und gab ihnen einen Gutenachtkuss und sagte: »Ab ins Traumland.« Und Opa kam und küsste sie und sagte: »Okay, ab ins Traumland.« Meine Eltern verließen den Raum und ich löschte das Licht und wir gingen schlafen. Ich erzählte ihnen keine Gutenachtgeschichte und bot nicht einmal an, eine zu erzählen, denn wovon hätte sie schon handeln sollen, wenn nicht von Einsamkeit.

Wir drängten uns im Bett zusammen. Ich stand auf und wollte das sagen, was ich immer sagte, aber Iris kam mir zuvor. Sie sagte: »Ich bin gleich wieder da.« Also konnte ich nicht mehr »Ich bin gleich wieder da« sagen. Ich ging zum Fußende des Bettes und setzte mich auf den Boden. Ich öffnete meinen Rucksack und zog die mit Gin gefüllte Wasserflasche heraus. Ich nahm einen ersten Schluck und fühlte das Brennen auf Mund und Lippen. Dann einen zweiten Schluck. Mein Mund wurde gefühllos. Ich hörte, wie sich Iris im Bett aufsetzte. Sie sagte: »Ich will noch einen Snack. Ich will noch einen Snack.«

Ich machte »Schschsch«. Es sei jetzt Schlafenszeit, sagte ich. Zeit, ins Bett zu gehen. Sam sagte: »Kopf über.« Ich machte »Schschsch«. Ich sagte ihm, es sei jetzt Schlafenszeit. Und ich nahm einen weiteren Schluck aus der Flasche und dann setzte sich Sam auf und zog die Bettdecke fort und wiederholte: »Kopf über. Kopf über.«

Iris sagte: »Ich will noch einen Snack.«

Ich machte »Schschsch« und betrachtete ihre Gesichter im Widerschein des Lichts, das von draußen durch die Fenster drang. Ich sah Sarah und ich sah die Kinder. Dann begannen Iris und Sam zu schreien: Ich will einen Snack, Kopf über. Ich stand auf und ging zurück zu ihnen ins Bett. Ich sagte, sie sollen verdammt noch mal still sein. Haltet verdammt noch mal die Klappe. Seid endlich still, verdammt. Ich lag neben ihnen und nach einer Weile begann ich zu weinen. Ich sagte: »Haltet endlich die Klappe«, aber sie achteten nicht darauf. Iris legte ihre Hand auf meine Schulter und tätschelte mich, als wäre ich eine ihrer Babypuppen. Ich verbarg mein Gesicht im Polster und sagte ihnen, wie lieb ich sie hatte, und dann weinte ich an Iris' Flanke gedrückt, als wäre ich ihr Kind.

Ich schloss die Augen und stellte mir vor, ich wäre ein Baby, das kopfüber gehalten wird. Ich stellte mir vor, dass, wenn ich eine Gutenachtgeschichte zu erzählen hätte, sie so aussehen würde: Wir alle sind Babys und werden alle von einer unsichtbaren Kraft gehalten und essen dabei Kartoffelchips. Wir winken alle, so wie Sam winkt, und unsere Gesichter werden langsam rot. Wir winken verzweifelt unser Hallo.

Am nächsten Morgen saß ich mit Sam und Iris auf der Couch und las mit ihnen *Am Ende dieses Buches wartet ein Monster*. Ich erinnerte mich an das Buch aus meiner eigenen Kindheit. Grobi aus der *Sesamstraße* warnte den Leser, dass ein Monster am Ende des Buches wartete. Auf keinen Fall umblättern! Iris und Sam lachten, als wir umblätterten.

Grobi baute Mauern und zündete Feuer an und stellte alle möglichen Dinge an, um uns von weiterem Umblättern abzuhalten.

Aber natürlich blätterten wir weiter. Er bettelte und flehte uns an. Nicht umblättern. Bitte nicht umblättern. Ich sagte zu Sam und Iris: »Das Beste an Büchern ist, man kann zurückblättern und noch mal von vorn beginnen. Man kann auf Seite 5 zurückspringen und da sind immer noch all die Leute, innerhalb der Seiten. Lebendig.« Dann fiel mir auf, dass das Leben kein Buch war.

Ich begriff, dass ich wie Grobi war und einfach alle davon abzuhalten versuchte, auf die nächste Seite zu blättern.

Ich wollte sagen: »Gleich kommt das Ende. Ein Monster wartet am Ende dieses Buches und es besteht aus dir und mir. Aus der Art, wie sich alles verändert.« Ich wollte sagen: »Bitte, nicht umblättern. Bitte. Jetzt kommt das Ende.«

Ein paar Tage später saß ich abends allein im Apartment des Todes. Ich saß lange auf dem Bett und überlegte, was ich tun sollte. Ich zog alle meine Kleider aus und ging zum Schrank. Ich nahm eine Damenunterhose heraus, die ich seit längerer Zeit hier aufbewahrte. Ich steckte ein Bein durch die Öffnung, dann das zweite Bein, und fühlte, wie Teile meines Ichs seitlich an der Unterhose heraushingen. Immer wenn ich mich einsam fühlte, zog ich sie an. Dann holte ich den Lippenstift, den ich in einem alten Reiserucksack entdeckt hatte, damals beim Auszug aus Sarahs Haus. Ich entfernte den Verschluss und trug Lippenstift auf. Dann klappte ich den Deckel vom Rouge-Döschen auf und trug ein wenig auf den Wangen auf. Ich verrieb alles gut. Dann holte ich die alten Fotos aus einer Schublade und legte sie vor mir hin. Da waren Bilder von Sarah und Bilder von mir und Bilder von all den Leuten, die ich liebte. Ich schaute mir ihre Gesichter an und wusste, dass ich jeder von ihnen war. Ich tupfte Mascara auf meinen unteren Wimpernkranz, *tup tup*. Nun war mein Gesicht alle Gesichter. Ich stellte mich vor dem Spiegel auf und betrachtete mich. Ich starrte mir in die Augen und flüsterte meinen neuen Namen. Mein Name war Vergangenheit.

Fast zwei Jahre vergingen, bis ich Sarah wiedersah. Eines Tages beschlossen wir alle, einander zu treffen. Wir hatten beide wieder geheiratet und ich hatte keine Ahnung, worüber wir uns unterhalten sollten. Die letzten eineinhalb Jahre hatten wir über SMS kommuniziert, oder die Babysitterin richtete mir, wenn sie die Kinder fürs Wochenende zu mir brachte, irgendetwas aus. »Ich bin so nervös, ich glaube, ich kriege eine Panikattacke«, sagte Julia auf dem Parkplatz des Hamburgerlokals. Ich war ebenfalls nervös, aber ich sagte Julia, sie solle sich keine Sorgen machen.

Ich sagte, Sarah würde vielleicht eine Anekdote erzählen und uns zum Lachen bringen. Vielleicht eine Geschichte über den Patienten, dem der Schwanz amputiert worden war. Er war ein alter Mann, der in die Notaufnahme kam, weil sein Penis im Hals einer Zweiliterflasche feststeckte, schon ganz schwarz und aufgequollen. Seine Frau erzählte, er uriniere nachts in die Flasche, weil er krank und schwach sei, aber eines Nachts sei er eingeschlafen und als er erwachte, habe sein Penis schrecklich angeschwollen in der Flasche gesteckt. Sie schämten sich zu sehr, um die Rettung zu rufen. Also warteten sie zwei Tage lang und das Penisgewebe starb währenddessen im Inneren der Flasche ab. Sie mussten ihm die Hälfte von seinem Schwanz amputieren. Ich sagte zu Julia, dass uns Sarah vermutlich diese Geschichte erzählen würde.

Julia lachte nur darüber und sagte, sie sei immer noch nervös. Also griff ich mit beiden Händen nach ihren Schultern und zog all die nervöse Energie aus ihr heraus und warf sie auf den Boden. Dann tat Julia dasselbe für mich. Sie nahm mehrere Handvoll nervöser Energie und warf sie fort. Dann warteten wir eine Weile, und ich schrieb eine SMS an Sarah, da ich sie noch immer nirgends sah. Sarah schrieb zurück: »Oh, wir sind schon da. Wir sitzen draußen.« Julia und ich stiegen aus dem Auto und ich sagte: »Ich hab echt keine Ahnung, worüber wir uns unterhalten sollen.« Wir gingen zum Seitenbereich des Restaurants, wo alle bereits an einem Tisch saßen. Sarah war da und Dr. Jones und auch die Kinder. Sam und Iris mit leicht überraschten Gesichtern. Ich sagte: »Hey, allerseits.« Sam hüpfte plötzlich in die Höhe, *hüpf, hüpf*, als wollte er etwas erhaschen. Ich sagte: »Sam, was machst du denn?«

Sam deutete auf ein Flugzeug im Himmel und sagte irgendwas, das ich nicht verstehen konnte. Sarah lachte und sagte: »Oh, er versucht Flugzeuge zu fangen.«

Also standen wir da und schauten Sam dabei zu, wie er Flugzeuge fing. Wir lachten unser nervöses Lachen und ich schüttelte Dr. Jones' Hand. Ich sagte: »Hallo.« Julia tat das Gleiche. Ich ging einmal um den Tisch herum und umarmte Sarah und sie sagte: »Hey, Haut und Knochen.« Und ich sagte: »Hey, altes Mädchen«. Aber dann stockte ich und begann mich zu entschuldigen, »sorry«, sagte ich, »sorry, ich habe nicht *alt* gemeint im Sinne von, ich hab nur gemeint ...« Sarah lachte und sagte: »Nein, du hast schon recht. Wir *sind* alt.« Julia schüttelte Sarah die Hand und wir setzten uns alle an den Tisch. Ich blickte zu Sarah. Sie hatte sich verändert. Irgendetwas an ihr. Als hätte sie ebenfalls etwas verloren. Sarah schrieb auf, was jeder von uns gern essen wollte, dann ging sie zum Schalter und bestellte und bezahlte. Dr. Jones sagte immer wieder zu Sam: »Dein Papa ist da. Da ist dein

Papa.« Sam lächelte. Dr. Jones wiederholte »Dein Papa« und achtete darauf, dass ich es hörte.

Ich grübelte unterdessen immer noch darüber nach, worüber wir uns unterhalten sollten. Wir waren alle um den Tisch versammelt und Sarah kam zurück und brachte unser Essen in einer riesigen zerknitterten Papiertüte. Das Frittenfett kam an den Seiten in kleinen kreisförmigen Flecken durch. Sarah gab Iris ein paar Pommes frites und Chicken Nuggets. Dann gab sie Sam seinen Hamburger und seine Pommes frites. Sie sagte: »Pass auf. Das ist heiß. Heiß.« Dann deutete Sarah auf etwas hinter uns und sagte: »Baby, gibst du mir bitte einen Deckel für Iris' Becher?« Also drehte ich mich, ohne nachzudenken, auf meinem Platz um. Jones rührte sich im selben Moment. Ich begriff, dass nicht ich mit *Baby* gemeint war. Ich war das Baby von früher, jetzt gab es ein neues. Ich hatte auch ein Baby. Es hieß Julia. Also drehte ich mich wieder um und blickte Sarah an und Sarah blickte mich an. Dann wandten wir beide unseren Blick ab. Dr. Jones setzte sich wieder hin und hatte einen Deckel in der Hand für Iris' Becher. Ich trank aus meinem Becher und Iris trank aus ihrem und dann deutete sie auf meinen Becher und sagte: »Du topfst alles voll, Papa.«

Alle lachten und ich wisperte Iris zu: »Stimmt, ich sollte nicht alles volltopfen. Aber nur, wenn du auch versprichst, nicht alles vollzutopfen.«

Sarah lächelte und ich lächelte und Julia lächelte und Jones lächelte und wir aßen unser Essen. Ich fragte mich, ob Sarah uns die Geschichte von dem Mann, dessen Penis in der Flasche feststeckte, erzählen würde. Aber sie erwähnte sie nicht. Ich fragte mich, ob sie davon erzählen würde, dass die Hoden von Herzpatienten manchmal auf die Größe von Basketbällen anschwellen, weil die Flüssigkeit nicht mehr abgebaut wird. Die Hoden werden so riesig, dass die Schwestern sie am Ende mit einer Nadel anstechen und die Flüssigkeit herausfließen lassen müssen.

Aber Sarah erzählte auch darüber nichts. Stattdessen riss sie einfach weiter für Sam kleine Stücke vom Hamburger und fütterte ihn mit mundgerechten Happen. Die Stücke waren zerdrückt, mit lauter Daumenabdrücken, und zwischendurch leckte sie sich das Ketchup von den Fingern. In meinem Kopf wiederholte ich immer wieder: »Warum ist sie so ernst?« Ich wollte zu Julia sagen: »Ich schwöre, sie ist im echten Leben viel witziger als jetzt. Normalerweise ist sie die Witzigste unter allen Anwesenden.« Aber das hier war das echte Leben. Und so saßen wir um den Tisch und aßen, und ich fragte mich, ob sich Sarah verändert hatte oder ich einfach nicht mehr so viel Humor hatte wie früher. Aber nichts von dem kam zur Sprache. Wir sprachen nicht über Wasserflaschen voller Gin, auch nicht über verbrannte Bibeln. Wir sprachen nicht über die penisschrumpfende Wirkung von Mountain Dew. Wir sprachen nicht über die Zerstörung von Computern mit Vorschlaghämmern oder über die Bitte um Scheidung oder über den Satz *Ich liebe dich* oder den Satz *Ich liebe dich nicht mehr*. Wir sprachen nicht über das, was wir früher waren, oder die Tendenz aller Dinge, am Ende eins zu werden. Wir sprachen nicht über erste Rendezvous oder Küssen mit geöffneten Augen oder Selbstmordversuche mit Paracetamol für Kinder. Stattdessen saßen wir beisammen und aßen Hamburger und waren alle stinklangweilig. Wir hatten nichts mehr zu sagen. Unsere Bezeichnung lautete *Familie*.

Und so lachten wir, als wäre nichts passiert, als wäre unser Geschlecht nicht Schmerz. Sam sagte, er sei fertig, erhob sich von seinem Stuhl und stand neben dem Tisch. Er blickte hoch in den Himmel, bis dort ein Flugzeug erschien, das er zu fangen versuchte. Wir lächelten. Wir sahen ihm dabei zu, wie er hüpfte und hüpfte. Ich sah Sam und ich sah Iris und ich sah Sarah und dann sah ich auf einmal nur noch Sarah. Sam war eine Sarah und Iris war eine Sarah und die Flüsse waren eine Sarah und der Himmel war eine Sarah und die Berge waren eine Sarah und Sarah war ein Scott. Also lächelte ich und bemerkte mein Spiegelbild in einer Fensterscheibe, aber mein Gesicht war nicht mehr mein Gesicht.

Ich war auch eine Sarah.

Ivy Pochoda · Diese Frauen

»Ein brillanter Pageturner«
Attica Locke

»*Diese Frauen* liest sich wie ein Drehbuch, dessen Verfilmung vor dem geistigen Auge abläuft.«
FAZ

Hardcover, 356 Seiten
ISBN 978-3-7472-0218-0

www.arsvivendi.com

ars vivendi